鳥羽 亮

怨霊を斬る

剣客旗本奮闘記

実業之日本社

実業之日本社文庫

怨霊を斬る　剣客旗本奮闘記　目次

寛永寺
浅草寺
車坂町
広徳寺
東本願寺
山下
吾妻橋
上野
三枚橋
浅草
並木町
下谷
駒形町
下谷長者町
諏訪町
御徒町通り
青井市之介の屋敷
下谷練塀小路
糸川俊太郎の屋敷
佐々野彦次郎の屋敷
荒木屋
伊庭道場
そば屋
瓦町
神田佐久間町
笹川
松本屋
福井町
茅町
本所
新シ橋
和泉橋
柳原通り
豊島町
浅草御門
料理屋 浜富
柳橋
回向院
亀戸
両国橋
竪川
奥州街道
米沢町
元町
一ツ目橋
相生町
馬喰町
二ツ目橋
緑橋
橘町
両国広小路
汐見橋
栄橋
薬研堀
日本橋
千鳥橋
田所町
久松町
大川
冨沢町
高砂橋
大伝馬町
高砂町
小川橋
堀江町
伊勢町
浜町
新大橋
親父橋
室町
組合橋
日本橋本町
浜町堀
小名木川
小網町
日本橋
江戸橋
荒布橋
南茅場町
深川
行徳河岸
上ノ橋
八丁堀
楓川
永代橋
今川町
仙台堀
油堀
門前仲町
富ヶ岡八幡宮
佃島

怨霊を斬る
江戸地図
前田家上屋敷
不忍池
菊坂町
下谷広小路
湯島天神
本郷
同朋町
湯島
中山道
下谷御成街道
水道橋
神田明神
湯島聖堂
神田川
金沢町
駿河台
昌平橋
筋違御門
小川町
大草主計の屋敷
中山道
神田多町
神田
一ツ橋御門
江戸城
四谷御門
麹町
半蔵御門
呉服橋
桜田御門
赤坂御門
京橋
新シ橋
三十間堀
木挽町
図版作成／ジェオ

〈主な登場人物〉

青井市之介……二百石の非役の旗本。青井家の当主

つる……市之介の母。御側衆大草与左衛門（故人）の娘

佳乃……市之介の妹

茂吉……青井家の中間

大草主計《かずえ》……市之介の伯父。御目付。千石の旗本

小出孫右衛門……大草に仕える用人

糸川俊太郎……御徒目付。市之介の朋友

佐々野彦次郎……御小人目付。糸川の配下

重田登八郎……御小人目付

野宮清一郎……北町奉行所、定廻り同心

権七……野宮の岡っ引き

怨霊《おんりょう》を斬る

剣客旗本奮闘記

第一章　辻斬り

1

「蛍ですよ」

滝村進之丞《たきむらしんのじょう》が言った。

蛍が飛んでいた。四、五匹いるだろうか。夜陰のなかを、青白いひかりの筋を曳《ひ》いて舞っている。

「蛍の飛ぶ季節か……」

間中新兵衛《まなかしんべえ》が、蛍の舞う夜陰に目をやって言った。

ふたりは、柳原《やなぎわら》通りを歩いていた。右手には、柳原の土手際に植えられた柳が枝葉を茂らせていた。こんもりした黒い樹影が、青磁色の月光のなかに折り重なるようにつづいている。

柳原通りは、浅草御門《あさくさごもん》の辺りから筋違御門《すじかいごもん》のたもとまで、神田川沿いにつづいている道である。日中は通り沿いに古着を売る床店が並び、大勢の通行人が行き交っているのだが、いまはひっそりとして人影はほとんどなかった。ときおり、夜鷹《よたか》そばや柳橋《やなぎばし》や両国《りょうごく》辺りで飲んだ酔客などが、通りかかるだけである。

「遅くなりましたね」

滝村がすこし足を速めた。

町木戸のしまる四ツ（午後十時）ちかかった。

「柳橋まで足を伸ばしたが、収穫はなかったな」

間中が、うんざりした顔をして言った。

ふたりは、幕府の御小人目付《おこびとめつけ》だった。年配の間中は組頭《くみがしら》である。御小人目付は御徒目付《おかちめつけ》に従い、御目見以下の者を監察糾弾する役だが、御家人や旗本のかかわる事件があれば、関係者から聴取したり、隠密に探索したりする。

ふたりは、寺久保《てらくぼ》という御家人が、柳橋の料理屋で飲んだ帰りに、大店《おおだな》の旦那ふうの男に因縁をつけ大金を強請《ゆす》ったという話を耳にした。それで、念のため料理屋や料理茶屋などをまわって話を聞いたが、それらしい情報は得られなかった。

「寺久保が、柳橋の料理屋に出入りしていたことは、まちがいないようですね」

滝村が言った。

「ただ、だいぶ前の話らしいな」

間中たちが耳にしたのは、寺久保が柳橋で遊び歩いていたのは、何年も前のことでちかごろは姿も見ていない、という話が多かった。

料理屋のなかには、ちかごろ、寺久保さまがおみえになったことは、ございます、と答える店もあった。ただ、客として来ただけで、金を脅しとられたことはないそうだ。

「料理屋で酒を飲んだだけでは、咎《とが》められないからな。……それに、人違いということもある」

「そうですね」

ふたりは、そんなやり取りをしながら、郡代屋敷の脇を通り過ぎた。前方の夜陰のなかに、神田川にかかる新シ橋《あたらしばし》の橋梁《きょうりょう》が黒く横たわっているのが見えた。

「間中どの、柳の陰にだれかいますよ」

滝村が前方を指差した。

柳の樹陰に黒い人影が見えた。闇のなかにぼんやりと霞《かす》んでいる。そこに、人がいることは分かったが、男か女かも識別できない。

「夜鷹かな」

柳原通りは、夜鷹が酔客などの袖を引くことでも知られていた。

「出てきた！」

人影が樹陰から通りに出てきた。

淡い月光のなかに、人影が黒く浮かび上がった。

「武士だな」

間中は、人影が二刀を帯びているのを見てとった。小袖に袴姿である。

「つ、辻斬りでは！」

滝村が、声をつまらせて言った。顔が、こわばっている。

「いずれにしろ、ひとりだ」

間中は腕に覚えがあった。それに、相手はひとりである。ここで、逃げ戻っては、武士としての面目がたたない。

間中と滝村は足をとめずに、二刀を帯びている武士に近付いた。

武士は通りのなかほどに立った。両腕をだらりと垂らしたままである。間中たちとの距離は、十間ほどに狭まった。

「ろ、牢人か！」

滝村の声が震えた。

月光のなかに浮かび上がった武士の姿は異様だった。肩ほどもある総髪が顔の両側に垂れ、頬のあたりまで覆っていた。髪の間から見える双眸がうすくひかり、尖った顎が突き出ていた。両腕をだらりと垂らして立っている姿は、幽鬼でも思わせるような不気味さがあった。

間中と滝村は足をとめた。武士は、ゆっくりとした歩調で近付いてくる。

「何者だ！」

間中が誰何《すいか》した。

「立ち合いを所望……」

武士がくぐもった声で言った。

「立ち合いだと！　おぬし、正気か」

間中が強い口調で訊《き》いた。

武士は、身装《みなり》からみて牢人のようだった。辻斬りかもしれない。それにしても、ふたりの武士を相手に辻斬りを仕掛けるとは――。

「正気だ」

牢人は、さらに間をつめ、間中たちと四間ほどの間合をとって足をとめた。

「名は」

間中が訊いた。

「名はない」

牢人はくぐもった声で言うと、左手で刀の鯉口を切り、右手で柄を握った。抜刀体勢をとったのである。

「やるしかないようだ」

間中は、逃げる気になれなかった。得体の知れない相手だが、ひとりである。

「ま、間中どの……」

滝村が声を震わせ、間中の名を口にした。自分は、どうしていいか分からなかったらしい。

「滝村、左手にまわれ」

言いざま、間中は抜刀した。ふたりで、牢人を斃《たお》そうと思ったのだ。

滝村はすぐに刀を抜き、牢人の左手にまわった。こうした闘いの場合、左手はどうしても隙ができるのだ。

牢人はまったく表情を変えなかった。ゆっくりとした動作で刀を抜くと、青眼に構えて剣尖《けんせん》を間中にむけた。

……長刀だ！

間中には、牢人の手にした刀が異様に長く見えた。夜陰のなかで、刀身が青白くひかっていたせいもあるだろうが、牢人の刀は三尺ちかかった。通常、大刀は二尺四寸ほどなので、かなり長いことになる。

2

間中も青眼に構え、剣尖を牢人の目線につけた。構えに隙がなく、腰が据わっている。間中は、一刀流の遣い手であった。牢人から逃げなかったのも、腕に覚えがあったからである。

ふたりの間合はおよそ三間半——。まだ一足一刀の斬撃の間境の外である。

ふいに、牢人が動いた。刀身を上げ、上段に構えた。両肘を高くとり、刀身を垂直に立てた。

……こ、これは！

思わず、間中は胸の内で声を上げた。

牢人の構えた長刀が、天を突くように頭上から伸びていた。その刀身が、月光を映じて青白くひかっている。まるで、牢人の頭頂から天空にはしった稲妻のようである。

間中は切っ先を上げ、柄を握った牢人の右拳に剣尖をつけた。上段に対応する構えをとったのである。

ヤアッ！

突如、左手にまわった滝村が気合を発し、牢人を牽制した。

だが、牢人は滝村に体をむけようとしなかった。視線さえ動かさない。牢人は滝村の気配と間合を読み、斬り込んでくることはない、とみているのだ。

「いくぞ！」

牢人が、足裏を摺《す》るようにして間合をせばめてきた。

間中は後じさった。牢人の構えに圧倒されていた。牢人の構えには、上から覆いかぶさってくるような威圧感があった。

ふいに、間中の足がとまった。踵が雑草の生い茂った道の端に迫り、これ以上下がれなくなったのだ。間中が叢《くさむら》に踏み込んだときに、牢人が真っ向に斬り込んでくれば、間中は足を雑草に取られ、牢人の斬撃をかわせなくなる。

……勝負は、ここでするしかない！

と、間中は頭のどこかで思った。
　牢人の寄り身がとまった。牢人の手にした長刀なら、一歩踏み込めば切っ先の
とどく間合である。

牢人は痺《しび》れるような剣気をはなっている。全身に気勢が満ち、斬撃の気配が高
まってきた。

イヤァッ！

突如、間中が裂帛《れっぱく》の気合を発した。気合で敵を威圧し、己の闘気を鼓舞しよう
としたのだ。気当てである。

だが、この気合を発したとき、間中の体に力が入り、わずかに剣尖が下がった。

この一瞬の隙を牢人がとらえた。

タアッ！

鋭い気合を発し、牢人が斬り込んだ。

上段から真っ向へ――。

稲妻のような閃光《せんこう》が間中の頭頂を襲う。凄まじい幹竹割《からたけわ》りである。

咄嗟に、間中は刀身を振り上げ、牢人の斬撃を頭上で受けた。

ガチッ、と重い金属音がひびき、間中の眼前で青火が散った。刹那、間中は頭に凄まじい衝撃を感じた。

間中の意識があったのは、そこまでだった。間中は頭上で牢人の斬撃を受けたが、そのまま刀ごと斬り下げられ、頭を割られたのだ。間中は血と脳漿《のうしょう》を撒き散らせながら、腰から沈むように転倒した。


ヒイッ！

滝村が喉を裂くような悲鳴を上げ、反転して逃げようとした。

「逃さぬ！」

牢人は声を上げ、踵《きびす》を返した滝村の背後に、すばやい動きで迫ると、刀身を横一文字に払った。

ドスッ、というにぶい音がし、牢人の長刀が滝村の脇腹に深く食い込んだ。

滝村は上体をかしがせ、よろめきながら絶叫を上げた。

滝村の脇腹から截断《せつだん》された臓腑が覗き、血が流れ出た。それでも、滝村は牢人から逃げようとした。

「とどめだ！」

牢人は、長刀を袈裟に一閃《いっせん》させた。

滝村の首筋から、ビュッと血が飛んだ。滝村は血飛沫《ちしぶき》を驟雨《しゅうう》のように撒きながら、腰から沈むように転倒した。

地面に伏臥《ふくが》した滝村は、かすかに四肢を痙攣《けいれん》させているだけで、頭を擡《もた》げようともしなかった。呻《うめ》き声も息の音も聞こえなかった。首筋から流れ落ちた血が地面を打ち、妙に生々しい音をたてている。

牢人は無表情だった。ひとつ大きく息を吐いただけである。血刀に血振《ちぶ》り（刀身を振って血を切る）をくれて納刀すると、滝村の懐に手を入れた。

牢人は取り出した財布を手にし、さらに間中の懐からも財布を抜いて自分の懐に入れた。

「二、三両か……」

そうつぶやいて、牢人が歩き出そうとしたとき、背後から近寄ってくる複数の足音が聞こえた。

牢人は足をとめて振り返った。

三人である。ひとりは武士で、ふたりは町人だった。町人のひとりは、老齢らしかった。身装は大店の旦那ふうで、絽《ろ》羽織に細縞の単衣《ひとえ》姿だった。武士は大柄で、羽織袴姿で二刀を帯びている。もうひとりの町人は、遊び人ふうだった。弁慶格子の単衣を裾高に尻《しり》っ端折《ぱしょ》りし、両脛をあらわにしている。

三人は、牢人から七、八間の距離をとって足をとめた。

「いい腕をしてますなァ」

旦那ふうの男が目を細めて言った。

月光に浮かび上がった顔は、福耳で、目が細く頬がふっくらしていた。いかにも好々爺《こうこうや》といった感じである。

「おれに何か用か」

牢人が訊いた。右手は垂らしていたが、左手で鍔元《つばもと》を握り、鯉口を切っていた。いつでも刀を抜ける体勢をとっている。

旦那ふうの男の脇に立っている大柄な武士も、牢人と同じように抜刀体勢をとっていた。

「ふたり斬って、いくら手に入りました」

旦那ふうの男が訊いた。

「おまえたちの知ったことではない」

「どうです、その腕、てまえに貸してもらえませんか」

旦那ふうの男が低い声で言った。顔の笑みが、消えている。牢人にむけられた眼が、底光りしている。

「はい、相手によりますが、ひとり斬っていただければ、百両にはなりますよ」

「手を貸せだと」

「百両な」

「それに、このような場所に立って獲物が近付くのを待つ必要はございません。てまえたちが、すべて段取りは取りますので、旦那には斬っていただくだけでいいんで……」

旦那ふうの男が言った。

「おれに頼む必要はあるまい。脇に立っている御仁は、腕がたちそうだ」

牢人が武士に目をやって言った。

「はい、こちらのお方にもお願いしております。……ですが、ひとりでは足りないこともございましてね。旦那のような方に、手を貸していただければ、助かるんですよ」

旦那ふうの男は、また目を細めた。

「考えておこう」

牢人は左手を鍔元から離した。抜く気は、なくなったようである。

すると、大柄な武士も鍔元から手を離した。殺気が消えている。

「それでは、後ほど、ご挨拶させていただきます」

旦那ふうの男が、腰をかがめて言った。

「好きにしろ」

牢人は踵を返すと、足早にその場から離れた。

牢人の姿が夜陰のなかに霞んできたとき、

「猪七《いしち》、あの男の塒《ねぐら》をつきとめろ」

旦那ふうの男が低い声で言った。

「へい」

遊び人ふうの男が、跳ねるような足取りで牢人の後を追った。

3

庭の紅葉《もみじ》の深緑が、朝の陽射しを映じて輝いている。

ジジ——と、低く単調な蟬の声が聞こえてきた。にいにい蟬が、庭の隅の梅にいるらしい。

「今日も、暑くなりそうだ」

青井市之介《あおいいちのすけ》は、縁先に出て庭を眺めていた。

朝餉《あさげ》の後、座敷で茶を飲んでいたのだが、退屈して縁先に出てきたのである。

市之介は二十代半ばだった。二百石の旗本、青井家の当主である。非役のため、やることがなく暇を持て余していた。

市之介は目鼻立ちのととのった男前だったが、どことなく間の抜けた感じがした。目尻が下がっているせいかもしれない。それに、連日暇を持て余して怠惰な暮らしをしているので、それが顔に出ているのであろう。

そのとき座敷で足音がし、障子があいて、母親のつるが顔を出した。

「蟬が鳴いてますすねえ」

つるが、おっとりした声で言った。

「鳴いてます」

「にいにい蟬ですよ」

「そうです。にいにい蟬です」

「今日も暑くなりそうですよ」

　つるは、市之介と並んで縁先に立っていた。

　つるも、暇なのである。四十代後半。つるという名に似たのか、色白で首が長く、ほっそりした体付きをしていた。おっとりした性格で、いつも物言いはやわらかかった。四年ほど前、夫の四郎兵衛《しろべえ》を亡くし、いまは寡婦だった。

「市之介、夕涼みにでも行きたいねえ」

　つるが、つぶやくような声で言った。

「……」

　市之介は、迂闊に、応えられないぞ、と胸の内で思った。夕涼みは口実で、大川端の料理屋にでも出かける魂胆ではあるまいか。

「佳乃《よしの》も連れて、大川端にでも出かけますか」

「大川端ですか」

　そら、きた！　と市之介は、思った。次は料理屋の話になるだろう。

　佳乃は市之介の妹だった。十七になるが、まだ子供らしさが残っている。青井家は、市之介、つる、佳乃の三人家族だった。女ふたりに男ひとりのため、こうした話になると市之介の分が悪い。迂闊な返事をすると、ふたりに押し切られる。

「帰りに、料理屋にでも寄って、おいしい物でも食べてきましょうよ」

「母上、料理屋もいいですが、ちかごろ物騒でしてね。大川端や柳原通りに、辻斬りが出るそうですよ」

市之介が顔をしかめて言った。

「辻斬りですか」

「そうです。しかも、どういうわけか、武士ばかり狙うそうです」

「ほんとかい」

つるが、信じられませんね、と小声で言った。

「嘘ではありませんよ。半月ほど前、大川端で御家人が斬られたそうですから」

市之介がそう言ったときだった。

玄関付近から、縁側の方に走り寄る足音がした。姿を見せたのは、中間《ちゅうげん》の茂吉《もきち》だった。

「だ、旦那さま、大変です！」

茂吉は市之介の顔を見るなり声を上げた。

顔が紅潮し、喘《あえ》ぎ声を洩《も》らしていた。よほど急いできたらしい。

茂吉は五十がらみ、父親の代から青井家で奉公している中間だった。小太りで猪首《いくび》、顔が妙に大きい。げじげじ眉で大きな口をしていた。悪相だが、その顔に反して、おっちょこちょいで、気のやさしいところがあった。

「茂吉、どうした」

市之介が訊いた。

「柳原通りで、ひとが殺されやした」

「なに、ひとが殺されたと！」

市之介が声を上げた。

「お侍が、ふたりも殺《や》られやした」

「辻斬りか！」

いいところに、知らせをもってきた、と市之介は思った。

「そうかもしれねえ」

「やっぱりな。……うかうか、外は歩けないぞ」

市之介は、どうです、わたしの言ったことは、嘘ではないでしょう、と言った顔をして、つるを見た。

「まァ……」

そう言ったきり、つるは顔をこわばらせて口をつぐんでしまった。

市之介は胸の内で、これで、しばらく、夕涼みのことも料理屋のことも口にしないだろう、と思い、内心ほくそ笑んだ。

「糸川《いとかわ》さまも行ったようですぜ」

茂吉が急《せ》かせるように言った。

糸川俊太郎《しゅんたろう》は、御徒目付だった。糸川が現場にむかったとすれば、殺されたのは幕臣かもしれない。

市之介は糸川と親しくしていた。ふたりは、神田松永町《かんだまつながちょう》にある心形刀流《しんぎょうとうりゅう》の伊庭軍兵衛《ばぐんべえ》の道場で同門だったのだ。糸川の方が二歳年上だったが、入門したのがいっしょのころだったので、朋友のような仲である。

「糸川も行ったとなると、こうしてはいられないぞ。茂吉、玄関で待っていろ」

すぐに、市之介は座敷にもどった。大小を帯びて、柳原通りへ行くつもりだった。

つるはおろおろしながら、玄関まで市之介についてくると、

「おまえ、気をつけるんだよ」

そう言って、心配そうな顔をして送りだした。

4

青井家の屋敷は、下谷練塀小路《したやねりべいこうじ》の近くにあった。小身の旗本や御家人の屋敷のつづく通りを南にむかえば、神田川沿いの道につきあたる。神田川にかかる和泉橋《いずみばし》を渡れば、柳原通りである。

柳原通りに出ると、

「旦那さま、こっちですぜ」

茂吉が先にたって、両国の方にむかった。

旗本の場合、奉公人に殿さまと呼ばれるのが普通だが、茂吉は旦那さまと呼ぶ。もっとも青井家は、旗本といっても奉公人は、中間の茂吉、飯炊きの五平《ごへい》、女中のお春《はる》しかいなかった。

青井家は旗本といっても二百石で、しかも非役である。用人《ようにん》や若党などを雇う余裕はなかった。そのため、暮らしぶりは御家人と変わりない。それに、市之介は登城しなかったので、茂吉は中間らしい恰好をする必要はなかった。茂吉はお仕着せの法被《はっぴ》ではなく、小袖を尻っ端折りし、股引《ももひき》姿だった。そうしたこともあって、茂吉は殿さまとは呼びづらかったのかもしれない。

市之介の方も、茂吉が何と呼ぼうと気にもしなかった。

「旦那さま、あそこですぜ」

茂吉が指差した。

新シ橋のたもと近くの道端に、人だかりができていた。柳原通りは人通りが多いこともあって、野次馬たちが大勢集まっている。

「糸川さまと、佐々野《ささの》さまがいやす」

見ると、人だかりのなかに、糸川と佐々野彦次郎《ひこじろう》の姿があった。

彦次郎は、御小人目付で糸川の配下だった。市之介は彦次郎とも親しくしていた。これまで、市之介が糸川とともに事件にかかわったとき、彦次郎もいっしょに事件にあたることが多かったのだ。

彦次郎はまだ若く、御小人目付になって間がなかった。目鼻立ちのととのった端整な顔立ちをしている。

「八丁堀《はっちょうぼり》の旦那もいやすぜ」

茂吉が言った。

「野宮《のみや》どのだな」

北町奉行所、定廻《じょうまわ》り同心の野宮清一郎《せいいちろう》だった。

市之介は、野宮と親しかったわけではない。事件の現場で顔を合わせることがあり、何度か話したことがあるだけである。

市之介が人だかりのそばまで行くと、

「青井、ここだ」

糸川が手を上げて呼んだ。彦次郎は糸川の脇に、けわしい顔をして立っている。

市之介が人垣を分けて糸川のそばに近付くと、道端に武士がひとり仰向けに倒れていた。

……こ、これは！

市之介は息を呑《の》んだ。

凄絶な死顔だった。頭が縦に斬り割られ、ざっくりと裂けた傷口から白い頭骨が覗いていた。顔から胸にかけて、どす黒い血に染まり、カッと瞠《みひら》いた両眼が血糊のなかで浮き上がったように見えた。

「幹竹割りか！」

下手人は、真っ向から幹竹割りに斬り下ろしたらしい。それにしても、凄まじい斬り口である。

「小人目付、組頭の間中新兵衛だ」

糸川が顔をけわしくして言った。

「なに、小人目付だと」

思わず、市之介は聞き返した。御小人目付は、糸川の配下である。殺された間中は組頭らしいので、御小人目付を直接指図する立場であろう。

「彦次郎は、間中の配下か」

市之介が訊いた。

「いえ、わたしの頭は別です」

彦次郎が、顔をこわばらせて言った。

まだ、彦次郎は二十歳前だった。御小人目付になって、間がなかった。上役が殺されるような事件の経験はないのだろう。

「もうひとり、殺されたと聞いたが」

市之介が言った。

「こっちだ」

糸川が先にたった。

すこし離れた路傍に、別の人だかりができていた。そこにも、見たことのある御小人目付が、ふたり来ていた。ふたりとも蒼ざめた顔で、近付いてきた糸川や市之介に頭を下げた。

そのふたりの足元に、武士がひとり俯《うつぶ》せに倒れていた。男の周囲には、小桶で撒いたようにどす黒い血が飛び散っていた。

「小人目付の滝村進之丞だ」

糸川が無念そうな顔をして言った。

「斬られたのは、首か」

市之介は、滝村の首の傷口を見ながら言った。斜に裂けて、赭《あか》黒くひらいている。

「脇腹もやられているのだ」

糸川が言った。すでに、糸川は滝村も検屍しているようだ。

市之介は死体の脇に屈《かが》み、脇腹を覗いてみた。ザックリと傷口がひらき、臓腑が覗いていた。脇腹から背にかけて横に斬られていた。下手人は背後から滝村に近付いて、斬ったのかもしれない。

「先に、腹を斬られたようだ」

市之介が言った。首だけで、滝村は落命したはずである。首を斬った後、腹を斬る必要はないのだ。

「ふたりが、斬られたのは昨夜か」

市之介が糸川に訊いた。

「そうらしい。益田《ますだ》、沢木《さわき》、昨日の間中たちのことを話してくれ」

糸川がふたりの御小人目付に言った。

ふたりの名は、益田幸之助《こうのすけ》と沢木安蔵《やすぞう》だった。

「はい、間中どのと滝村どのは、昨日、柳橋に行きました」

益田と沢木が話したことによると、間中たちは寺久保という御家人が、柳橋で飲んだ帰りに大店の旦那に因縁をつけて大金を脅しとったという話を耳にし、念のために確かめに柳橋に出かけたという。

「その帰りにここを通って、このような目に遭ったのでは……」

益田が悲痛な顔をして言い添えた。

「青井、間中はな、一刀流の遣い手なのだ」

糸川が言った。

「すると、下手人は、さらに腕のたつ者ということになるな」

しかも、下手人は、間中を正面から幹竹割りに、一太刀で仕留めている。特異な剣を遣うのかもしれない。

「下手人は、ふたりかもしれんぞ」

「うむ……」

ふたり以上とみるのが妥当だが、決め付けられない、と市之介は思った。下手人は、まず間中を斬り、逃げる滝村を背後から襲い、脇腹を斬ってから二の太刀で、首を斬ったのかもしれない。

「いずれにしろ、下手人は尋常な遣い手ではないな」

糸川が顔をけわしくして言った。

「半月ほど前、大川端で、御家人が斬られたと聞いたが」

市之介が糸川に訊いた。

「大川端の件は、まだ調べていないが、此度《こたび》の件と何かつながりがあるかもしれん」

糸川が言った。

「武士だけ狙うとはな。辻斬りとは、思えんが……」

辻斬りなら、金を持っていそうな商家の旦那を狙うのではあるまいか。市之介は、辻斬りがふたり連れの武士を狙うとは思えなかった。

「だが、間中も滝村も、財布を抜かれているのだ。下手人が持ち去ったとみていいのではないか」

「そうだな。……いずれにしろ、探ってみなければ、何とも言えないな」

ふたりが、そんなやり取りをしているところに、八丁堀同心の野宮が近付いてきた。

「糸川どの、殺られたのは、そこもとの配下らしいな」

野宮が訊いた。

「そうだ」

糸川が隠さずに言った。

幕府の目付筋の者は、事件の現場で町奉行所の同心と顔を合わせることがすくなくなかった。探索や下手人の捕縛のおりに、反目し合うこともあったが、糸川と野宮は気心を通じた仲である。

「ならば、おれたちは、この件から手を引くぞ」

「そうしてくれ。……ただ、下手人が町人や牢人ということになれば、おぬしたちにまかせることになる」

幕府の目付筋は、旗本や御家人の監察糾弾にあたるが、町人や牢人は、町奉行の支配下である。

「そのときは、話してくれ」

「承知した」

野宮は市之介にも頭を下げ、その場から離れた。

「ともかく、ふたりの亡骸《なきがら》を引き取ろう」

糸川は、その場にいた御小人目付たちに、辻駕籠《つじかご》を調達し、間中と滝村の死体をそれぞれの屋敷まで運ぶよう指示した。

5

「へッへへ……。旦那、今日は出かけねえんですかい」

茂吉が揉み手をしながら近付いてきた。呼び方が、旦那になっている。茂吉は中間ではなく、市之介の手先にでもなったつもりでいるようだ。

市之介と茂吉とで柳原通りに出かけ、間中と滝村が殺された現場を目にした翌日だった。

市之介は、朝餉の後、しばらく座敷で書見をし、肩が凝ったので縁先に出てくつろいでいたのだ。

今日は曇天だった。風もなく、蒸し暑い日である。なぜか、今日は蝉も鳴いていない。

「出かけるつもりはない」

家にこもっているのは退屈だったが、出かける当てはないし、懐も寂しかった。

「旦那、昨日、ちょいと探ってみたんですがね」

茂吉が、市之介に身を寄せて言った。

「何を探ったのだ」

そういえば、昨日、茂吉は、ちょいと聞き込んでみやす、と言って、柳原通りで市之介から離れてどこかへ行ってしまった。仕方なく、市之介はひとりで自邸に帰ってきたのである。

「ふたりが殺された近くをまわって、聞き込んでみたんでさァ」

茂吉が得意そうな顔をして言った。

どういうわけか、茂吉は捕物好きだった。市之介が事件にかかわると、勝手に岡っ引きのように嗅ぎまわったりする。もっとも、青井家で、屋敷の草取りや植木の手入れなどしているより、外で歩きまわった方が気が晴れるのかもしれない。

「それで、何か知れたのか」

市之介が訊いた。

「へい、近所に住む作次《さくじ》ってえ大工が、一杯《いっぺえ》やった帰《けえ》りに近くを通りかかりやしてね。間中さまたちが、斬られるところを見たそうでさァ」

「下手人を見たのか」

思わず、市之介の声が大きくなった。

「へい」

茂吉が胸を張って市之介に近付いた。

「もったいぶってないで、先を話せ」

「ちょいと、遠かったんではっきりしなかったようですがね。下手人は二本差しだったと言ってやした」

「それで？」

下手人が武士であることは分かっていた。

「下手人はひとりのようでさァ」

「ひとりか」

市之介が聞き返した。

「それが妙なやつで、長い髪が顔をおおうように垂れてたそうですぜ」

「総髪で、髷《まげ》を結ってないのだな」

牢人のようだ、と市之介は思った。

「下手人は、刀を高く振り上げて構えていたそうですぜ。作次の話じゃァ、刀が月のひかりで、下手人の頭の上に青白くひかって見えたそうで」

「上段に構えたのか」

そのとき、市之介の脳裏に、頭を斬り割られた間中の死顔が浮かんだ。

……上段から真っ向に斬り下ろされたのだ！

市之介は、下手人の構えと太刀筋がみえたような気がした。

「それから、どうした」

市之介は、話の先をうながした。

「下手人はふたりを斬った後、死骸《ほとけ》のそばに屈み込んで何かしてたようでさァ」

「財布を抜いたのだな」

「あっしも、そうみやした」

「その後、下手人は立ち去ったのか」

「まだでさァ。……そこへ、別の男が三人近付いてきた」

茂吉が、目をひからせて言った。

「なに！　三人、近付いてきたと」

市之介の声が大きくなった。

「へい」

「その三人は、何者だ」

「それが、作次は離れた床店の陰にいたんで、よく見えなかったそうでさァ。ひとりは武士らしかったが、他のふたりは刀を差してなかったんで、町人かもしれねえと言ってやしたぜ」

「それで」

「三人は下手人と何か話していたらしいが、その場で別れやしてね。下手人は、ひとりで和泉橋の方へむかったそうでさァ。……作次の話じゃァ、三人のうち、ふたりは柳橋の方へむかい、ひとりが下手人の跡を尾《つ》けていったが、すぐに見えなくなっちまったそうで」

「三人は何者だろう」

三人は町方や目付筋の者ではない。下手人の仲間でもないだろう。たまたま通りかかった者が、辻斬りと話し込んでいたとも思えない。

市之介はいっとき考えていたが、三人が何者なのか見当もつかなかった。

「へッへ……。旦那、もうすこし探ってみやしょうか」

茂吉が揉み手をしながら訊いた。茂吉も、暇を持て余しているようだ。

「頼むか」

「旦那、ちょいと、鼻薬を利かせると、いい聞き込みができるんですがね」

茂吉が、さらに市之介に身を寄せて言った。

「鼻薬か。仕方ないな」

市之介は財布を取り出すと、一分銀を二枚つまみ出した。これまでも、市之介は茂吉を手先として使うとき、手当を渡していたのだ。茂吉も、その手当をあてにしているようだ。

「ありがてえ。柳橋にも、足を伸ばしてみやすよ」

茂吉は、ニヤニヤしながらその場から離れた。

茂吉の姿が見えなくなると、廊下をせわしそうに足音がし、障子があいて佳乃が顔を見せた。

「あ、兄上、見えてますよ」

佳乃が声をつまらせて言った。

佳乃は、おっとりした母親のつるとはちがってせっかちだった。急いで来たらしく、色白の頰が、紅潮している。佳乃は体付きも、つるとはちがっていた。ふっくらした体付きで、胸も豊かである。

「だれが、来ているのだ」

「小出《こいで》さまです」

「おれに用があってきたのか」

小出孫《まご》右衛門《えもん》は、伯父の大草主計《おおくさかずえ》に仕える用人である。大草は御目付で、つるの兄であった。

大草家は、千石の大身《たいしん》だった。しかも、つるの父親の大草与左衛門《よざえもん》は御側衆《おそばしゅう》の重職にまで出世した。御側衆の役高は五千石である。つるは、五千石の実入りのある大身の旗本の家で育てられたのだ。つるが金に頓着しないのは、そうした裕福な家で育てられたからであろう。

その大草家を、嫡男だった主計が継ぎ、御目付になっていたのだ。

「そうです、兄上にご用があってみえられたのです」

佳乃が、当然のことのように言った。

「母上は」

「小出さまと、客間で話しています」

「行ってみるか」

市之介は縁側から座敷に入った。

6

「青井さま、お久し振りでございます」

小出が笑みを浮かべて言った。

客間には、つるもいてふたりで話していたようだ。つるは、市之介が対座するのを見てから、「茶を淹《い》れましょう」と言って、立ち上がった。市之介と小出の話を邪魔しないよう気を使ったらしい。

「小出、息災そうだな」

市之介が言った。

「お蔭で、体だけは丈夫でございます」

小出は還暦にちかい老齢だが、矍鑠《かくしゃく》として老いは感じさせなかった。

「何か用かな」

小出は、市之介に用があってきたはずである。

「殿が、青井さまに御用があるそうでございます。それがしと屋敷まで、御同行願いたいのですが」

殿とは、御目付の大草主計のことである。

「伯父上が……。用件は何かな」

「はて、存じませんが」

「伯父上のお呼びとあっては、行かねばなるまいな」

大草は口煩《うるさ》いが、何かと青井家の面倒をみてくれた。それに、これまでも市之介は大草の頼みで事件の探索にあたったことがあったのだ。

「では、これより」

小出が腰を上げようとした。

「小出、茶を飲んでいったらどうだ。母上が、茶を淹れているようだからな」

つるは、茶を淹れるつもりで台所に行ったのだ。女中のお春が淹れた茶を運ぶだけだろうが、市之介と小出がいなければがっかりする。

「それでは、馳走になってからにいたしましょう」

小出は、座りなおした。

市之介と小出は、つるに見送られて玄関から出た。五ツ半（午前九時）ごろだった。武家屋敷のつづく通りは、ひっそりとしていた。多くの武士は出仕し、屋敷に残っているのは非役の者ぐらいだろう。

市之介たちは、神田川の方にむかった。大草家の屋敷は、神田小川町《おがわまち》にあった。神田川にかかる昌平橋《しょうへいばし》を渡ればすぐである。

大草家の屋敷は、家禄千石の旗本にふさわしい門番所付きの長屋門を構えていた。

「こちらです」

小出は、市之介を奥の座敷に案内した。そこは、庭に面した書院だった。大草は市之介と話すとき、その座敷を使うことが多かった。

座敷には、だれもいなかった。大草は別の座敷にいるらしい。

「殿は、すぐにおいでになります」

小出はそう言い残し、座敷から出ていった。

いっとき待つと、廊下を歩く足音がした。障子があいて、大草が姿を見せた。小紋の小袖に角帯というくつろいだ恰好だった。今日は、登城しなかったらしい。

大草は対座すると、すぐに、

「市之介、呼びだてして、すまんな」

と、笑みを浮かべて言った。

大草は五十がらみだった。つるに似て、ほっそりしていた。すこし背がまがっている。武芸などには縁のなさそうな華奢《きゃしゃ》な体付きだが、細い目には能吏《のうり》らしい鋭いひかりが宿っていた。その静かな物言いとあいまって、御目付の要職にある者の威厳が感じられる。

「つると佳乃は、息災かな」

いつも、大草は市之介と顔を合わせると、まずつると佳乃のことを訊く。

「ふたりとも、元気です」

「それはよい」

「伯父上、何か御用でしょうか」

「実は、市之介に頼みがあってな」

大草の顔から笑みが消えた。

「どのようなことでしょう」

市之介の胸の内には、御小人目付の間中と滝村が殺された件ではないかとの思いがあったが、口にしなかった。

「小人目付がふたり、殺されたそうだが、市之介は知っているか。名は、間中新兵衛と滝村進之丞だ」

「はい、噂は聞いております」

市之介は、現場に出かけたことは口にしなかった。暇を持て余していると思われたくなかったのだ。

「辻斬りの仕業だと口にする者もいるが、いずれにしろ、配下のふたりが殺されたとなると、このままにしておくわけにはいかぬ」

大草の声に、強いひびきがくわわった。

「いかさま」

市之介はちいさくうなずいた。幕府の目付筋を支配する御目付とすれば、座視しているわけにはいかないだろう。

「すでに、糸川には探索に当たるよう話してある」

「……」

「それで、市之介に頼みがあるのだ」

大草は言葉を切り、

「糸川たちとともに、間中たちが殺された件の探索にあたってくれ」

と、市之介を見すえて言った。

「で、ですが、それがしは……」

市之介は、大草がそう言うだろうと予想していたが、困惑したような顔をした。

非役の市之介には、何のかかわりもないのである。

「市之介、おまえはお上より二百石の扶持《ふち》を得ているが、何のご奉公もしておらんな」

大草がいかめしい顔をして言った。

「小普請《こぶしん》ですから」

市之介は素っ気なく言った。大草が、市之介に仕事を頼むとき、決まって口にする言葉だった。当初は胸にこたえたが、ちかごろは、またか、と思うだけで、白けた気分になってしまう。

「わしが、おまえを五百石ほどの役高のお役につけるよう、尽力していることは承知しているな」

大草は、さらにいかめしい顔をして言った。

「はい……」

それも、いつもの台詞《せりふ》だった。大草から何度も聞いたが、一向にその話は実現しそうになかった。ちかごろは、大草から仕官の話が出ても信用できなくなっていた。

大草は、市之介が不服そうな顔をしているのを見ると、

「わしも、手を尽くしてはいるのだがな。いい役柄は、なかなか……」

そう言って、視線を膝先に落とした。

いつも、市之介と大草のやり取りは似たような展開になる。

市之介が黙ったままいると、

「仕方がない。また、手当を出そう」

大草が渋い顔をして言った。

「お手当ですか」

市之介の背筋が伸び、声が大きくなった。

「また、百両で、どうだ」

「結構でございます」

手当なら、確かだった。それに、百両あれば、当分金の心配はしないで済む。母親と佳乃を料理屋に連れて行くこともできる。

「では……」

大草は、懐から袱紗《ふくさ》包みを取り出した。百両包んであるようだ。どうやら、大草は初めから手当を出すつもりで用意したらしい。

「伯父上のお心遣い、終生、忘れませぬ」

市之介は恭《うやうや》しく頭を下げた。

7

市之介は大草と会った三日後、笹川《ささがわ》というそば屋に、糸川と彦次郎を呼んだ。大草から探索を指示されたことをふたりに伝え、これまでつかんでいることをお互い知らせ合うことにしたのだ。

笹川は、佐久間町《さくまちょう》の神田川沿いにあった。市之介は糸川たちと会って話すとき、笹川を使うことがあった。

「実は、伯父上から話があってな」

市之介はそう切り出し、間中と滝村が殺された事件の探索にあたるつもりだ、とふたりに話した。

「それは、ありがたい」

糸川がほっとした顔をすると、

「青井さまが、いっしょなら心強いです」

彦次郎が嬉しそうな顔をして言った。

「それで、どうする」

市之介が訊いた。先に、御徒目付として探索にあたっている糸川の考えを聞こうと思ったのだ。

「まず、これまでつかんだことを出し合ってから、どう探索を進めるか決めよう」

糸川が言った。

「分かった。おれから、話す」

市之介は、茂吉が聞き込んできたことだが、と前置きし、間中と滝村を斬った男のこと、その男に三人の男が何やら話していたことなどを話した。

「間中たちを斬ったのは、ひとりだったか。……それにしても、腕のたつ男のようだ」

糸川が顔をひきしめて言った。

「それで、糸川たちも何かつかんでいるのか」

市之介が訊いた。

「まだ、これといったことは、つかんでいないが……。半月ほど前、大川端で斬られた御家人のことが知れたよ」

糸川が話しだした。

殺された御家人の名は宮下恭之助《みやしたきょうのすけ》、御小納戸《おこなんど》衆だという。その日、宮下は家の所用で本所竹町《ほんじょたけちょう》に出かけ、帰りに浅草に出て諏訪町《すわちょう》の大川端を歩いているとき、何者かに襲われて斬殺されたそうだ。

「船宿の船頭が、舟からそのときの様子を見ていてな。やはり、下手人は武士で、ひとりだそうだ」

「下手人は、何者か分からないのだな」

「分からない。船頭は遠方の舟から見ていたので、はっきりしなかったようだ。それに、諏訪町を縄張にしている御用聞きから耳にしたのだが、やはり宮下は頭を斬り割られ、財布を抜かれていたそうだよ」

「間中たちを斬った下手人と同じじゃか！」

市之介の声が大きくなった。

「そうみていいな」

「うむ……」

「それに船頭が、妙なことを口にしたのだ」

糸川が言った。

「妙なこととは？」

「遠くから見たので、はっきりしなかったそうだが、下手人の髪が長く垂れていて、顔が見えなかったそうだ。それに、両腕をだらりと垂らしていたので、死人《しびと》のように見えたと言っていたがな」

「死人だと……」

茂吉が、間中たちを斬った下手人は総髪を長く垂らしていたと口にしていた。宮下を斬った下手人と同じとみていいだろう。その武士が、死人のように見えたという。

「ただ、そう見えただけだろう」

「うむ……」

市之介は、下手人の風貌や遣った特異な太刀に不気味なものを感じた。

「いずれにしろ、おれは、辻斬りの仕業ではないかとみている。……間中たちと宮下は、まったくかかわりがないのだ。それに、いずれも斬り殺された後、財布を奪われているからな」

糸川が言った。

「なぜ、辻斬りが、武士ばかり狙うのだ。……それに、殺された者たちは、金を持っていそうに見えないぞ」

市之介は、腑に落ちなかった。

「分からないな。……いずれにしろ、これで、終わったとは思えない。また、幕臣のだれかが殺されるのではないか」

糸川の顔に懸念の色が浮いた。

「早く何とかしないとな」

市之介も、まだ犠牲者が出るのではないかと思った。

糸川は話し終えると、

「彦次郎、おまえから話してくれ」

と、彦次郎に目をやって言った。

「わたしは、益田さんと柳橋に行き、間中どのたちが探っていたという寺久保という御家人のことで、聞き込んでみました」

「それで、何か知れたか」

「はい、名は寺久保彦十郎《ひこじゅうろう》で、御家人の冷や飯食いとのことです」

彦次郎によると、寺久保は家を出て久しく、賭場に出入りしたり、商家に因縁をつけて金を脅しとったり、徒牢人《いたずらろうにん》のような暮らしをしていたという。

「ただ、そんな無頼な暮らしをしていたのは、二年ほど前までで、ちかごろは柳橋にもあまり姿を見せず、身装も御家人らしく羽織袴で歩いているそうです」

彦次郎が言った。

「すると、間中たちは二年ほど前の噂を耳にして、柳橋に出かけたのか」

市之介が訊いた。

「そうかもしれません」

彦次郎は首をひねった。はっきりしないらしい。

「ところで、寺久保という男は、腕がたつのか」

市之介が訊いた。

「遣い手だそうです。柳橋を縄張にしている御用聞きから聞いたんですが、寺久保は賭場の用心棒をしていたこともあるようです」

「そうか」

寺久保は、間中たちが殺された件とかかわりがあるのかどうか、市之介には分からなかった。ただ、寺久保が身装を御家人ふうに変えたことが気になった。寺久保が出仕したとは考えられなかった。寺久保は、なぜ身装を変えたのか――。

「それで、どう動く」

糸川が訊いた。

「おれは、柳橋を探ってみるかな。寺久保もそうだが、柳橋には此度の件にかかわりがある者がいるような気がする」

市之介が顔をひきしめて言った。

そのとき、市之介の胸に、おとせのことが浮かんだ。おとせは、柳橋の料理屋、浜富《はまとみ》の座敷女中だった。市之介は、おとせを馴染みにしていたが、このところ懐が寂しくて浜富から足が遠のいていたのだ。

……おとせに訊けば、何か分かるかもしれない。

と、市之介は思った。それに、懐が暖かかったので、安心して浜富に顔を出すことができる。

市之介が、おとせの顔を思い浮かべていると、

「おれたちは、柳原通りと大川端で、もうすこし聞き込んでみる。他にも、下手

人を見かけた者がいるはずだ」

糸川が語気を強くして言った。

「そ、それがいい」

市之介は慌てて言い、顔をさらにひきしめた。

第二章　柳橋

1

「おや、旦那、お出かけで」

市之介が玄関から出ると、茂吉がニヤニヤしながら近寄ってきた。

「そこまでな」

市之介は、柳橋の浜富に行くつもりだったが、茂吉には話せなかった。浜富のおとせを贔屓《ひいき》にしていることは、つるにも佳乃にも内緒だった。茂吉に知られたら、つると佳乃だけではない、糸川や奉公人たちにまで知れ渡ってしまう。

「お供しやしょう」

茂吉は当然のような顔をしてついてきた。

まずい、と市之介は思った。何とか、茂吉を追い払わねばならない。市之介は木戸門の前で足をとめ、

「茂吉、頼みがある」

市之介が茂吉に身を寄せて言った。

「なんです」

「これは、茂吉でないとできない大事な聞き込みだ」

市之介が、急に声をひそめて言った。

「柳原通りで、間中たちが斬られたな」

「へい」

茂吉が目をひからせてうなずいた。

「その後、下手人に、三人の男が近寄ってきて何やら話をした。そうだったな、茂吉」

「そうでさァ」

「おれは、その三人が、下手人のことを知っているのではないかとみている」

「あっしも、そんな気がしやす」

茂吉がもっともらしい顔をして言った。

「それでな、茂吉にその三人のことで聞き込んでもらいたいのだ」

「三人というだけじゃァ……。むずかしいなァ」

茂吉が首を横に振った。

「武士がひとり、町人がふたりと言ったな」

「へい」

「妙な組み合わせとは思わんか。しかも、三人で夜歩いていたのだぞ。……きっと、三人を目にした者がいるはずだ」

「いるかもしれねえ」

茂吉の顔がひきしまった。獲物を見つけた猟犬のような目になっている。

「これから、柳原通りへ出かけて三人を探ってくれ」

「あっし、ひとりですかい」

「この聞き込みは、茂吉でないとできない。……そうだ、鼻薬がいるな」

市之介は財布を取り出し、一分銀をふたつ取り出した。

「や、やりやす！」

茂吉が一分銀を握りしめて声を上げた。

「頼むぞ」

市之介は、鼻薬が利いたのは、茂吉らしい、と胸の内でつぶやいて通りに足をむけた。

浜富は大川端にあった。老舗《しにせ》の料理屋らしい落ち着いた雰囲気がある。店先は格子戸で、脇に植え込みと籬《まがき》が配置してあった。

市之介が格子戸をあけると、年増が顔を出した。浜富の女将のお富《とみ》である。

「旦那、いらっしゃい」

お富が、笑みを浮かべて迎えた。

「女将、久し振りだな。……おとせはいるかい」

「いますよ。ちかごろ、旦那が顔を見せないので、おとせさん、気をもんでましたよ」

「いろいろあって、忙しくてな」

暇だったが、懐が寂しくて、来られなかったのだ。

「いつもの桔梗《ききょう》の間にしましょうか」

お富が、上目遣いに市之介を見ながら訊《き》いた。

桔梗の間は、二階の奥の小座敷だった。男女の密会や馴染みの客などに使わせる静かな座敷である。

お富は気を利かせて、市之介に桔梗の間を使わせてくれることが多かった。

「頼むか」

市之介はお富に案内されて、桔梗の間に腰を落ち着けた。

お富が下がっていっときすると、おとせが姿を見せた。すぐに、おとせは市之介の脇に座し、

「旦那、どうして来てくれなかったんです」

と、拗《す》ねたような顔をして言った。

「忙しくてな」

市之介はだらしなく目尻を下げ、口許に薄笑いを浮かべた。

「今日は、ゆっくりしてってくれるんでしょう」

おとせはさらに膝を寄せ、肩先を市之介の二の腕に押しつけるようにした。酒と脂粉《しふん》の匂いがした。まだ、酔っている様子はなかったが、別の座敷で飲んだのかもしれない。

「そのつもりだ」

市之介は、おとせから訊きたいことがあったのだ。

おとせは二十二歳で、房吉《ふさきち》という四つになる男児の母親だった。おとせは、十

七歳のとき、手間賃稼ぎの大工と所帯を持ち、房吉を生んだ。ところが、亭主は普請中に屋根から足を滑らせて落ち、頭を打って亡くなった。そのため、おとせは実家にもどり、房吉を母親に預けて浜富で働くようになったという。

市之介は酔った勢いで、おとせを抱いたことがあった。ただ一度だけで、その後はふたりとも深い関係にならないようにしていた。市之介もおとせも、いっしょになれないことは分かっていたのだ。

市之介は非役とはいえ、二百石の旗本だった。いくら何でも子連れの料理屋の女中を娶《めと》るわけにはいかない。おとせも、妾《めかけ》ならともかく、市之介の妻になることなどできないと分かっていた。ふたりとも、色恋の深みに嵌《は》まるのを恐れていたのである。

2

そのとき、障子があいて、お富と女中が酒肴《しゅこう》の膳を運んできた。

ふたりが座敷から去ると、おとせが銚子を取り、

「さァ、旦那、どうぞ」

と言って、市之介に酒をついでくれた。

「おとせも、飲んでくれ」

市之介は、おとせにも酒をついでやった。

いっとき、市之介はおとせの酌で喉を潤してから、

「おとせ、酔う前に聞いておきたいことがあるのだ」

と、切り出した。

「なんですか」

「十日ほど前だが、柳原通りで武士がふたり斬り殺されたのだが、知っているか」

市之介は武士の名も身分も口にしなかった。

「噂は聞いてますよ」

おとせが、急に真顔になって言った。

「そのふたり、柳橋に調べに来た帰りに、殺されたのだ」

「旦那は、ふたりが殺された事件を調べてるの」

おとせが、身を乗り出して訊いた。

これまでも、市之介は柳橋で起こった事件や下手人が柳橋にかかわっていたと

きなど、おとせに訊くことがあった。おとせの耳には客からの噂話が入りやすく、情報が豊富だったのだ。

一方、おとせは市之介が事件のことを度々訊くので、幕臣がかかわった事件を調べる目付筋と思っているようだ。

「まァ、そうだ」

市之介は否定しなかった。幕府の目付筋ではないが、御目付に頼まれて探っているのだから、目付筋といってもいいだろう。

「それで、何を聞きたいの」

おとせが市之介に膝を寄せてきた。乗り気になっている。

おとせが膝を寄せたとき、前屈《まえかが》みの恰好になったせいで、両襟の間からむっちりした乳房の膨らみが見えた。

市之介は欲情を覚えたが、

「殺されたふたりは、寺久保という武士のことを調べにきたらしいが、おとせは寺久保という武士の名を聞いたことがあるか」

と、平静を装って訊いた。

「寺久保ですか」

おとせは、首をひねった。

「寺久保彦十郎という武士でな。大店《おおだな》の旦那に因縁をつけて、大金を脅しとったらしいのだ」

「それって、ずいぶん前の話じゃァない」

おとせはさらに膝を寄せ、膝先が市之介の太股《ふともも》に触れた。脂粉と酒の匂いがし、乳房の谷間が、すぐ目の前にある。

市之介は欲情を抑えて言った。

「そうらしい。二年ほど前ということだ」

彦次郎から、二年ほど前の話らしいと聞いていた。

「あたし、その噂なら聞いたことある」

おとせが言った。

「ちかごろは、羽織袴姿で武士らしい恰好をしているが、そのころは、牢人ふうで賭場《とば》の用心棒などをしていたと聞いたが」

「そうですよ。……そのお侍、御家人彦十《ひこじゅう》と呼ばれて恐れられていたんです」

おとせが眉を寄せ、怯《おび》えるような表情を浮かべた。

「御家人彦十だと」

市之介が聞き返した。

「みんな怖がってましたよ。……でも、二年ほど前からお武家さまらしい身装《みなり》に変え、悪いこともしなくなったと聞いたわ」

「うむ……」

寺久保は御家人の家を継ぎ、無頼牢人から足を洗ったのかもしれない、と市之介は思った。

「旦那は、その男《ひと》のことを調べてるの」

おとせが訊いた。

「まァそうだ」

「その男、菊吉《きくよし》を馴染みにしてたはずだわ」

菊吉は、柳橋でも名の知れた老舗の料理屋だった。

「ねえ、旦那、あたしにも手伝わせて」

ふいに、おとせは両手を伸ばして、市之介の左手を握りしめた。

「お、おとせ……」

やわらかく、温かい手だった。市之介の声がつまった。胸の谷間を見た上に、手まで握られると、欲情の高まりが抑えられなくなる。

「あたし、旦那の役に立ちたいのよ」

おとせの声には、思いつめたようなひびきがあった。

「そ、そうか」

どうやら、おとせはその気があって、市之介の手を握ったのではないらしい。

「菊吉に知っている女《ひと》がいるの。お座敷に出ているお幸《こう》さんで、あたし親しくしてるのよ。お幸さんに訊けば、きっと寺久保というひとのことが、知れるはずだわ」

「だが、おとせ、寺久保のことを探っていると知れたら、何をされるか分からないぞ」

市之介の欲情は、急にうすらいだ。

「平気よ。噂話をするだけだもの。……そうだ。旦那も、いっしょにお幸さんと会ってみたら」

「そんなことができるのか」

「明日、店に入る前に、柳橋のたもとにお幸さんを連れてくるから、旦那、待っててて」

おとせが意気込んで言った。

「わ、分かった」

市之介は、おとせにまかせようと思った。

3

……まさか、忘れたわけではあるまいな。

市之介は柳橋に目をやってつぶやいた。

浜富で、おとせと会った翌日だった。おとせに、四ツ（午前十時）ごろお幸さんを連れて、柳橋を渡るから、橋のたもとで待っていて、そう言われ、市之介は四ツすこし前から待っていたのだ。すでに、四ツを過ぎているが、まだ、おとせは姿を見せない。

市之介が、浜富に行ってみるかな、と思い始めたとき、橋を渡ってくるふたりの女の姿が見えた。

……やっと、来た！

ひとりは、おとせだった。もうひとりは、大年増である。子持ち縞の単衣《ひとえ》に路考茶の帯をしめていた。ちいさな風呂敷包みを胸に抱え、素足に黒塗りの下駄を履いている。料理屋の女中らしい身装である。

「旦那、この女《ひと》が、お幸さん」

おとせが、すぐに言った。

「わたし、幸です。おとせさんから、旦那のことは聞いています」

お幸が、市之介を見つめながら言った。品定めするような目である。

「お、おれの、知り合いのことで、訊きたいことがあってな」

市之介が、顔を赤らめて言った。女ふたりに見つめられて、戸惑ったのだ。

「歩きながら話しましょう」

おとせが言った。橋のたもとで立っていると、通行人の邪魔になるし、好奇の目をむけられるのだ。

市之介たち三人は、大川端の道を川上にむかって歩いた。浜富も、菊吉もその道の先にある。

「お幸は、寺久保彦十郎という武士を知っているかな」

歩きながら、市之介が訊いた。

「御家人彦十と呼ばれてる男《ひと》がいたでしょう。その男のことよ」

おとせが、お幸に身を寄せてささやいた。

「知ってますよ。でも、ちかごろは、噂も聞かないけど……。旦那は、そのひとのこと調べてるんですか」

お幸が訊いた。

「いや、調べているということではないのだ。おれの知り合いがな、寺久保に金を脅しとられたのだ。……名は言えないが、その男は、さらに脅されるのではないかと恐れている。それで、寺久保はどんな男か、訊いてみようと思ったのだ。場合によっては、町方に訴える手もあるからな」

市之介は、もっともらしい作り話を口にした。

「二年ほど前なら、そんな話をよく耳にしたけど……。ちかごろは、あまり名も聞かないわ」

お幸は、首をひねった。

「菊吉を、馴染みにしていたと聞いたが」

「ええ、二年ほど前までは……」

「ちかごろは、まったく来ないのか」

「そういえば、三月《みつき》ほど前に来たわね」

お幸によると、そのとき寺久保は羽織袴姿で、れっきとした武士のように見えたという。

「三月ほど前か。そのときは、ひとりか」

「ふたりでしたよ」

「ふたりか。いっしょにきたのは、武士か」

「いえ、町人で、お金持ちのご隠居のような方でしたよ」

その男は老齢で、身装や物言いから、大店の隠居のように見えたという。

市之介は妙な組み合わせだと思った。御家人彦十と呼ばれて恐れられた無頼牢人と大店の隠居ふうの男が、ふたりで飲みにきたという。

「その男の名は、分からないのか」

「名前は、聞いてません」

「その後、寺久保は店に来ないのだな」

「来てませんが……」

「他に、寺久保のことで、知っていることはないかな」

「そう言えば、ふたりが店に来た後、四、五日して、親分さんが店に来てふたりのことを訊いてたようですよ」

お幸が言った。

「その親分は？」

「伝造《でんぞう》親分です」

そのとき、市之介の脇でふたりのやり取りを聞いていたおとせが、

「伝造親分は、諏訪町に住んでるんですよ」

と、言い添えた。

どうやら、伝造は浅草や柳橋界隈を縄張にしている岡っ引きらしい。

「それで、伝造がどんなことを訊いたか、覚えているか」

市之介は、お幸に顔をむけて訊いた。

「そのとき、わたしは親分さんに会ってないので、くわしいことは知らないんです。店の者は、親分さんが寺久保というお侍のことで訊いていたと話してました。……親分さんは、その前に来たとき、殺された松本屋《まつもとや》の旦那のことでいろいろ訊いてましたよ」

お幸が言った。

「松本屋の旦那とは？」

「茅《かや》町にある米問屋の旦那さん、半年ほど前に、連れていた手代といっしょに大川端で斬り殺されたんです。親分さん、そのことで調べていたみたい」

「そんなことがあったのか」

市之介は、松本屋のことを知らなかった。町方ではないので、町人が殺された
ことには、あまり関心がなかったのだ。

「伝造は、諏訪町のどの辺りに住んでいるのだ」

市之介は、伝造なら寺久保のことを知っているだろう、と思った。

「親分さんの女将さんが、大川端で小料理屋をやってますよ。そこへ行けば、親
分さんもいるはずです」

脇から、おとせが口を挟んだ。

「小料理屋か」

市之介は、諏訪町まで足を伸ばしてみようと思った。

「店の名は分かるか」

小料理屋の名が分かれば探しやすい。

「名は聞いてないわね」

おとせは首をひねった。

そんなやりとりをしているうちに、三人は浜富の近くまで来ていた。

「いや、助かった。お幸のお蔭で、寺久保のことがだいぶ知れた。おれの知り合

いには、あまり心配するな、と言っておこう」

市之介が、路傍に足をとめて言った。

すると、おとせが市之介に身を寄せ、

「旦那、帰りに、うちの店に寄ってよ」

と、耳元でささやいた。どうやら、市之介が諏訪町へ行く気になっているのに気付いたようだ。

「分かった。……そのうち、菊吉にも寄らせてもらうよ」

市之介は、お幸にも声をかけた。

4

「つかぬことを訊くがな。この辺りに、小料理屋はないかな」

市之介は、通りかかったぼてふりに訊いた。

そこは、浅草諏訪町の大川端だった。

「なんてえ店です」

ぼてふりが、足踏みしながら訊いた。盤台のなかで魚が揺れているらしく、盤台に当たる音が聞こえた。

「店の名は分からん」

「店の名が分からねえんじゃァ、あっしにも分からねえ」

ぼてふりは、そのまま歩きだしそうになった。

「伝造親分の店だ」

市之介は伝造の名を出した。

「それなら、一町ほど先だ。行けば分かりやすぜ」

ぼてふりは、すぐに足早に歩きだした。せっかちな男である。

市之介は苦笑いを浮かべてぼてふりの背に目をやった後、大川端の道を川上にむかった。

一町ほど歩くと、道沿いに小料理屋らしい店があった。小洒落た店である。店の戸口は格子戸で、脇に掛け行灯《あんどん》があった。

市之介は、戸口に近寄った。店のなかから、男の濁声が聞こえた。客が何か話しているらしい。

市之介は、格子戸をあけて店に入った。土間の先に小上がりがあり、職人ふうの男がふたり酒を飲んでいた。ふたりは市之介を見ると、驚いたような顔をして話をやめた。見慣れない武士が、いきなり店に入ってきたからだろう。

「だれか、いないか」

市之介は奥にむかって声をかけた。

すぐに、小上がりの脇で下駄の音がし、小太りの女が顔を出した。女将らしい。大年増だが、目が細く、ぽっちゃりした顔をしていた。

「女将さんかな」

市之介が訊いた。

「はい……」

女将の顔に、警戒するような色が浮いた。ただの客ではない、と思ったようだ。

「いや、伝造に用があってきたのだ。たいしたことではないので、手間はとらせぬ」

市之介が、照れたような顔をして言った。

市之介の物言いが、おだやかだったからだろう。女将の顔から警戒の色が消え、

「すぐ、呼んできますよ」

と言い残し、小上がりの脇から奥へむかった。

待つまでもなく、女将が男を連れてもどってきた。三十代半ばであろうか。肌

の浅黒い、剽悍《ひょうかん》そうな面構えをした男である。板場で料理の支度でもしていたのか、濡れた手を前だれで拭きながら、市之介のそばに来た。

「伝造かな」

市之介が訊いた。

「へい、旦那はどなたさまで」

伝造は、警戒するような目で市之介を見た。

「北町奉行所《きたまちぶぎょうしょ》の野宮どのを知っているか」

市之介は、まず野宮どのの名を出した。市之介は、町奉行所の同心の名を出せば、話が訊きやすいと思ったのである。

「知っていやす」

「おれは野宮どのと知り合いでな、青井という者だ」

「野宮の旦那と、お知り合いですかい」

伝造の顔からいくぶん警戒の色が消えた。

市之介は伝造に身を寄せ、

「柳原通りで、ふたり殺《や》られたのを知っているな」

と、声をひそめて言った。店にいるふたりの客に聞こえないよう、気を使ったのである。

「知っていやす」

伝造も小声になった。

「そのことで、ちと、訊きたいことがあるのだ」

「旦那、奥に小座敷がありやす。そこで、話を聞きやしょう」

伝造は、この場のやり取りで済むような話ではない、と思ったらしい。

「酒を頼むかな」

市之介は小座敷まで使うのは気が引けたので、客として酒を頼んだのである。

伝造はそばにいた女将に、酒を頼むぜ、と声をかけ、市之介を小座敷に案内した。奥といっても、小上がりのつづきにある狭い座敷だった。馴染み客用の座敷かもしれない。

座敷に腰を下ろすと、市之介が、

「おれは、目付筋の者でな。柳原通りで殺されたふたりの武士と、かかわりのある者なのだ」

と、声をひそめて言った。

「お見それしやした。公儀のお方で……」

伝造が身を硬くし、あらためて市之介に頭を下げた。伝造は、殺された間中と滝村が、御小人目付《おこびとめつけ》だと知っているようだ。

「そう、気を使うな。八丁堀の野宮どのとは、気兼ねなく話をする仲なのだ」

それほどの仲ではなかったが、市之介はそう言っておいた。

「ふたりを殺した下手人を追っているのだが、探っているうちに妙な男が浮かんできたのだ」

「妙な男といいやすと」

伝造が身を乗り出すようにして訊いた。

「御家人彦十だ」

「寺久保彦十郎ですかい」

伝造が顔をひきしめて言った。市之介にむけられた目に、腕利きの岡っ引きらしい鋭いひかりがあった。

「そうだ。……柳橋で探っているうちに、おまえが寺久保を追っているのを知ってな。こうして、話を聞きにきたわけだ」

「そうでしたかい」

伝造が納得したような顔をした。

「ですが、旦那、あっしは、柳原通りでふたりを斬った下手人を追ってるわけじゃァねえんで」

「それも、承知している。……半年ほど前に、大川端であった別の殺しを探っているのだな」

「へい」

伝造がうなずいた。

「まず、その件を話してくれ」

市之介がそう言ったとき、障子があいて、女将が酒と肴《さかな》を運んできた。肴は冷奴と酢の物、それに古漬けのたくあんだった。

「話の前《めえ》に、一杯《いっぺえ》やってくだせえ」

伝造が銚子をとった。

市之介は猪口《ちょこ》を手にして酒をついでもらい、喉を潤してから、

「大川端で殺されたのは、米問屋の旦那だそうだな」

と、あらためて切り出した。

「そうでさァ。駒形町《こまがたちょう》の大川端で殺られやした」

駒形町は、諏訪町の北側に隣接している。駒形堂があることで知られた賑やか

な町である。

「辻斬りの仕業か」

「あっしも、初めは辻斬りが殺ったとみたんでさァ。ところが、聞き込みをつづけるうちに、寺久保らしいと分かったんで」

「話してくれ」

「松本屋の旦那の勝右衛門《かつえもん》と、手代の伸助《しんすけ》が殺られるところを見たやつがいたんでさァ」

目撃したのは、竹吉《たけきち》という名の手間賃稼ぎの大工だそうだ。竹吉は飲んだ帰りに、大川端を通りかかり、勝右衛門たちが斬られるのを目にした。

その竹吉が、斬ったのは寺久保の旦那にちげえねえ、と伝造に話したという。

「竹吉は手慰みが好きでしてね。賭場で、寺久保を見たことがあったらしいんで」

伝造が言った。

手慰みというのは、博奕のことである。

「勝右衛門ひとりでなく、手代も殺されたそうだな」

「へい、ふたりとも、斬られて死んでやした」

「寺久保は、辻斬りをするつもりで、勝右衛門と手代を狙ったのか」

寺久保は、米問屋の旦那なら金を持っているとみたのかもしれない。

「それが、辻斬りとは思えねえんで」

「どういうことだ?」

「その日、勝右衛門は並木町《なみきちょう》の扇屋《おおぎや》ってえ料理茶屋で飲み、その帰《けえ》りだったらしいんでさァ。あっしは、念のために、勝右衛門が店から出た後の道筋をたどって、聞き込んでみやした。すると、竹吉の他にも、夜鷹《よたか》そばの親爺が並木町の通りで、勝右衛門と手代の姿を目にしてやした」

並木町は浅草寺《せんそうじ》の門前通りにあり、料理屋、料理茶屋、置屋などが目につく賑やかな町である。

「それで」

市之介は話の先をうながした。

「親爺は、勝右衛門と手代の後ろに、羽織袴の武士が歩いているのを目にしたと、あっしに話しやした。親爺は、その武士の身装や体付きを覚えてやしてね。それが、竹吉が見た寺久保と重なるんでさァ」

「すると、寺久保は並木町から勝右衛門たちの後を尾《つ》け、駒形町まで来て、ふたりを襲ったことになるな」

　市之介が言った。

「そうなりやす」

「辻斬りではなく、寺久保は初めから勝右衛門たちを狙って殺したのか」

　思わず、市之介は身を乗り出した。

「あっしは、殺しとみたんでさァ」

　伝造が目をひからせて言った。

「殺しか……」

　市之介が驚いたような顔をした。

「寺久保が勝右衛門を狙って殺したのは、どういうわけか、気になりやしてね。松本屋にいって、色々訊いてみたんでさァ」

「それで、何か知れたのか」

「まったく分からねえんで……。店を継いだ若旦那も奉公人たちも、勝右衛門は他人《ひと》に恨まれるようなことはなかったし、寺久保のこともまったく知らない、と口をそろえて話しやした」

「勝右衛門だがな。遊女屋や賭場などに、出入りすることはなかったのか」

勝右衛門は、そうした遊興の場で揉め事を起こし、寺久保に狙われたのではないか、と市之介は思った。

「それが、勝右衛門は、商売熱心の堅物のようでしてね。商談で料理屋へ行くことはあっても、そうした遊びの場にはまったく縁がなかったようでさァ」

「すると、寺久保は、だれかに依頼されて勝右衛門を殺したのではないかな」

商売上の揉め事で、勝右衛門を殺したいと思った者がいたかもしれない。

「あっしも、そうみて、寺久保を探るつもりでいやすが、やつの居所も分からねえんでさァ」

伝造が渋い顔をした。

「そうか……」

市之介は、寺久保の筋から、間中たちを殺した下手人を手繰《たぐ》るのはむずかしいような気がした。

「伝造、何か知れたら、おれにも知らせてくれ」

市之介は、寺久保のことは伝造にまかせようと思った。

「承知しやした」

伝造は頭を下げ、小座敷から出ていった。

それから、市之介は半刻（一時間）ほど飲んで腰を上げた。おとせが、帰りに、うちの店によってよ、と言ったのを思い出したが、浜富には寄らずに帰った。だいぶ、酔っていたし、浜富でさらに飲むと、家まで帰れなくなると思ったのである。

5

狩山仙之助《かりやませんのすけ》は、薄暗い座敷で酒を飲んでいた。肴は味噌。膝先に貧乏徳利を置き、湯飲みの酒をかたむけている。

そこは、棟割り長屋の狩山の家だった。すでに、暮れ六ツ（午後六時）を過ぎ、座敷は淡い夕闇につつまれていた。

狩山は武士だが髷《まげ》を結ってなかった。長く伸びた髪を、後ろで無造作に束ねていた。髭《ひげ》も伸びている。髭は、気がむいたときにあたるだけである。表情のない顔は、死人を思わせるように冷たく暗い感じがした。

座敷の隅に小さな木箱があり、その上に位牌が置いてあった。四年ほど前に死んだ妻のゆきの位牌である。

狩山は御家人の冷や飯食いだったが、十年ほど前、ゆきといっしょになった。ゆきは近所に住む御家人の次女で、両家とも狩山がゆきといっしょになることに強く反対した。冷や飯食いの狩山には、生きていく術《すべ》がないとみたからである。狩山は両家の反対を押し切り、家を出てゆきとふたりで長屋暮らしを始めた。駆け落ちといっていい。

だが、貧しいながら、狩山はゆきとふたりで暮らすことができた。狩山は一刀流の遣い手で、道場の師範代や旗本屋敷などに代稽古に出かけたりして、相応の実入りがあったのだ。

ところが、ゆきと暮らし始めて三年ほどした冬、ゆきが労咳《ろうがい》に罹《かか》った。労咳は死病といわれている。

ゆきは咳がとまらず、日に日に痩せ細っていった。狩山は死病に取り憑かれたゆきを何としても助けたかった。駆け落ち同然に家を出た狩山には、ゆきがただひとりの愛する家族であった。

このころ、労咳に効くといわれていた薬は人参《にんじん》だった。朝鮮人参のことで、万能薬とみなされていた。ところが、人参は高価だった。親の病を救うために、遊里に身を売った金で人参を買い求め、親に飲ませたという孝行娘の話はよく聞く。

狩山も人参を買うために、金になることは何でもした。口入れ屋に頼んで、普請場で力仕事もしたし、ときには路傍に立って酔客を脅して金を奪ったりもした。それでも金が足りず、狩山は金を持っていそうな者を狙って斬り殺し、金品を奪うこともあった。

狩山が必死で金を手にし、高価な人参を飲ませた甲斐もなく、ゆきは労咳に罹って三年ほどして亡くなった。

ゆきの死後、狩山は変わった。死人のように生気がなく、陰鬱《いんうつ》な顔をして家にとじこもっていることが多くなった。髷も結わなくなり、髭も気がむいたときに剃るだけである。長屋の住人たちも、狩山には近付かなくなった。

狩山は辺りが暗くなったころ出かけることがあったが、長屋の者たちは狩山が何をしているか知らなかった。

今日も、狩山はゆきの位牌が置いてある長屋の薄暗い部屋で独り酒を飲んでいた。

狩山が湯飲みの酒を飲み干し、貧乏徳利の酒をつごうとしたとき、戸口に近付いてくる足音がした。

三人——。聞き覚えのない三人の足音が、戸口の前でとまった。

「狩山の旦那、いやすか」

腰高障子のむこうで声がした。聞き覚えのない声である。

「いるぞ」

狩山は貧乏徳利の酒を湯飲みにつぎながら応えた。

「入《へえ》りやすぜ」

腰高障子があいて、三人の男が土間に入ってきた。

ひとりは武士、ふたりは町人だった。大柄な武士、遊び人ふうの男、それに老齢の大店の旦那ふうの男だった。

「旦那、お久し振りで」

遊び人ふうの男が、薄笑いを浮かべて言った。

「おまえたちか」

狩山は三人に見覚えがあった。柳原通りでふたりの武士を斬った後、話しかけてきた男たちである。

「ここに、腰を下ろさせてもらって、いいですかな」

老齢の男が言った。低い声である。

遊び人ふうの男と武士は、土間に立っている。

「よくここが分かったな」

狩山は湯飲みを手にしたまま訊いた。

「柳原通りで、旦那と会った後、あっしが跡を尾けたんでさァ」

遊び人ふうの男が言った。

「そうか」

狩山は湯飲みをかたむけて酒を飲んだ。

「旦那に、お聞きしたいことがあるんですがね」

老齢の男が言った。

「なんだ」

「旦那が、武士だけ狙うのは、どういうわけです。大店の旦那でも狙えば、大金が手に入るはずですよ」

老齢の男は、狩山に背をむけたまま訊いた。

「町人を斬っても、おもしろくないからな。……どうせなら、骨のあるやつの方が斬り甲斐がある」

狩山がくぐもった声で言った。

「腕に覚えがあるからでしょうな」

「まァ、そうだ」

狩山は表情も変えずに湯飲みの酒を飲んだ。

「それで、てまえがお話ししたことは、考えていただけましたかな」

老齢の男が、狩山に顔をむけて訊いた。

「だれか、斬ってほしいと言ってたな」

「はい」

「相手は武士か」

「そうです。旦那には、腕のある二本差しを頼みたいんですがね」

「相手は」

狩山は湯飲みを手にしたまま訊いた。

「公儀の目付筋の者です」

「目付筋だと」

狩山が、聞き返した。

「旦那は、柳原通りでふたりの二本差しを斬りましたね。あのふたり、何者だかご存じですか」

「いや、知らぬ」

「ふたりとも羽織《はおり》ですが、目付筋ですよ」

老齢の男の口許に、薄笑いが浮いた。

御小人目付は、将軍御成のおりに先駆して警備を行う。このおり、黒絽《くろろ》の袷羽織《あわせばおり》を着たことから羽織と呼ばれていた。

「そうだったのか」

狩山は驚いたような表情を浮かべたが、すぐに死人のような無表情な顔にもどった。

「当然、目付筋の者たちが、旦那を追っているでしょうな」

老齢の男が言った。

「うむ……」

「その目付筋の者をひとり、斬っていただきたいのです。……てまえたちだけでなく、旦那のためにもなるはずですよ」

「……」

狩山はすぐに応えなかった。

「段取りは、こちらでつけます」

「いいだろう」

狩山はくぐもった声で言い、手にした湯飲みをゆっくりとかたむけた。

6

暮れ六ツ（午後六時）の鐘がなり、小半刻（三十分）ほど過ぎていた。辺りは淡い夕闇につつまれている。

糸川と彦次郎は、神田川沿いの道を歩いていた。そこは神田佐久間町である。柳橋に、寺久保のことを聞き込みにいった帰りだった。

通り沿いの店は、商いを終えて表戸をしめていた。ひっそりとして、人影はすくなかった。ときおり遅くまで仕事をした出職《でしょく》の職人や仕事帰りに一杯ひっかけた大工などが、通りかかるだけである。

「寺久保は、柳橋に姿をあらわさないようですね」

歩きながら、彦次郎が言った。

「二年ほど前と身装が変わったので、分からないのではないかな」

寺久保は、ひそかに柳橋に来ているのではないか、と糸川は思った。

ふたりは柳橋の繁華街を歩き、料理茶屋や置屋の若い衆、遊び人、地まわりなどにそれとなく訊いたが、ちかごろ寺久保を目にしたという者はいなかった。ただ、寺久保が無頼牢人のような恰好をして、賭場の用心棒をしていたころのことを知っている者はいた。そのころ、寺久保は総髪で、いつも黒鞘の大刀を一本落とし差しにして歩いていたという。ところが、いま寺久保は羽織袴姿で二刀を帯び、御家人ふうの恰好をしているそうだ。むかしの寺久保を知っている者が、その姿を見かけても寺久保と思わないのではあるまいか。

「なぜ、身装を変えたんですかね」

彦次郎が訊いた。

「分からんが……。むかしの寺久保を隠すためではないかな」

「出仕したからでしょうか」

「出仕したとは、思えないな。御家人彦十と呼ばれていたそうだから、御家人の家柄だろうがな」

糸川は、寺久保が出仕したために、御家人ふうに身装を変えたとは思えなかった。いくら御家人の家柄であったとしても、賭場の用心棒にまで身を持ち崩した男が、出仕できるはずがない。

ふたりはそんなやりとりをしながら歩いているうちに、神田川にかかる新シ橋のたもとまで来ていた。新シ橋の橋梁《きょうりょう》が、西の空の残照のなかに黒く横たわっている。

そのとき、糸川が後ろを振り返り、

「後ろの男、浅草御門の辺りから、ずっとついてくるな」

と、声をひそめて言った。

彦次郎も後ろに目をやり、「職人ふうですね」と小声で言った。男は、腰切《こしき》り半纏《ばんてん》に黒股引《ももひき》姿だった。手ぬぐいで頬っかむりしている。

「仕事、帰りかな」

糸川は、男が尾けているとは思わなかった。身を隠すような素振りを見せなかったからである。

「男の後ろから、武士が歩いてきますよ」

彦次郎が言った。

職人ふうの男の後方に武士の姿があった。網代笠《あじろがさ》をかぶり、小袖に袴姿だった。大小を帯びている。

「気にすることはあるまい」

糸川は、後方の武士が通りのなかほどを歩いているのを見て、跡を尾けているのではないとみたのだ。

糸川と彦次郎は、新シ橋のたもとを過ぎ、さらに西にむかって歩いた。糸川の家は御徒町《おかちまち》で、彦次郎の家は神田相生町《あいおいちょう》にあった。西にむかって歩いた先である。

前方に神田川にかかる和泉橋《いずみばし》の橋梁が見えてきたとき、

「柳の陰に、だれかいます」

彦次郎が前方を指差して言った。

半町ほど先だった。岸際に植えられた柳の樹陰に人影があった。遠方だったので、ひとがいることは分かったが、男か女かもはっきりしなかった。

「夜鷹かな」

糸川が人影を見つめながら言った。

「辻斬りかもしれませんよ」

彦次郎がうわずった声で言った。

「うむ……」

辻斬りであっても、恐れることはなかった。相手はひとりである。それに、糸川は心形刀流《しんぎょうとうりゅう》の遣い手だった。

ふたりは、足をとめなかった。前方の柳の陰を見つめながら歩いていく。

糸川たちは気付かなかったが、背後の職人ふうの男が足早になり、その後ろを歩いていた武士も足を速めていた。

糸川たちが人影のある柳に、三十間ほどに近付いたときだった。樹陰から人影が通りに出てきた。武士である。小袖に袴姿で、刀を帯びている。

「つ、辻斬りだ！」

彦次郎が声をつまらせて言った。

「なんだ、あの髪は！」

糸川が驚いたような顔をした。奇妙な頭髪である。

「か、顔が見えない！」

彦次郎が悲鳴のような声を上げた。

淡い夕闇のなかに浮かび上がった男の顔が、一部しか見えなかった。肩ほどもある総髪が顔の両側に垂れ下がり、両頰のあたりまで覆っている。垂れた髪の間から、目や鼻だけが見えた。

「こいつだ！　間中たちを斬ったのは」

糸川は、市之介から、間中たちを斬った下手人は長い総髪の牢人らしい、と聞いていたのだ。

牢人は道のなかほどに立っていた。両腕をだらりと垂らしていた。長く垂れた髪の間から双眸《そうぼう》がうすくひかっている。その姿には生気がなく、死霊のように不気味だった。

「ど、どうします」

彦次郎が声をつまらせて訊いた。

「相手はひとりだ。間中たちの敵を討ってやろう」

糸川は逃げるつもりはなかった。

糸川は、牢人を見つめたまま間合をつめた。彦次郎も間合をつめていく。

7

「糸川さま、後ろから！」

彦次郎が叫んだ。

職人ふうの男と網代笠をかぶった武士が走ってくる。ふたりは、三十間ほどに迫っていた。足音のひびきが、はっきりと聞こえる。

「挟み討ちか！」

背後のふたりは、この場で糸川たちを挟み撃ちにするために跡を尾けてきたのであろう。

牢人も、足早に歩を寄せてきた。

「彦次郎、川岸へ寄れ！」

糸川は、背後から攻められるのを避けようとしたのだ。

岸際は急斜面になっていて、芒《すすき》や葦《あし》が群生していた。その先は、神田川の川面だった。夕闇のなかで、川面が黒ずんで見えた。浅瀬に生えた葦を打つ流れの音が、絶え間なく聞こえてくる。

糸川と彦次郎は、神田川の岸を背にして立った。そこへ、総髪の牢人、網代笠の武士、職人ふうの男の三人が走り寄った。

糸川の前に立ったのは、牢人だった。三間ほどの間合をとったまま動かない。両腕をだらりと垂らしている。まだ、刀を抜く気配はなかった。

彦次郎の前に立ったのは、網代笠の武士だった。大柄な武士である。腰が据わり、身辺に隙がなかった。遣い手らしい。

もうひとりの町人は、彦次郎の左手にまわり込んだ。右手を懐につっ込んでいる。匕首《あいくち》を呑《の》んでいるようだ。

「おぬしだな、間中たちを斬ったのは」

糸川が牢人を見すえて訊いた。

「どうかな」

牢人はくぐもった声で言い、左手で刀の鍔元《つばもと》を握り、右手を柄に添えた。抜刀体勢をとったのである。

「おぬし、何者だ！」

言いざま、糸川も抜刀体勢をとった。

「死人《しびと》かな」

牢人が抑揚のない声で言った。まったく、表情を動かさない。

「なに、死人だと！」

糸川が驚いたような声を上げた。

「おぬしも、死ぬがいい」

牢人が抜いた。

「おのれ！　間中たちの敵を討ってくれる」

糸川も抜いた。

牢人は青眼に構えると、剣尖《けんせん》を糸川にむけた。

……長刀だ！

糸川は、牢人の刀身が三尺ちかいのを見てとった。

牢人はゆったりと構えていた。その構えには、気勢や覇気が感じられなかった。ただ、刀を手にしてつっ立っているだけに見える。

……遣い手だぞ！

糸川は、背筋を冷たいもので撫ぜられたような気がして身震いした。牢人には、真剣勝負の気の昂《たかぶ》りや力みがまったくなかった。眠っているように静かに構えている。まさに、死人のようである。

糸川は、左手にいる彦次郎と対峙している武士に目をやった。

彦次郎と武士は、相青眼《あいせいがん》に構えていた。ふたりの間合も、三間ほどである。武士は網代笠をかぶったままだった。

職人ふうの男も、匕首を手にしていた。こうした闘いに慣れているようだ。すこし背を丸めて匕首を構えた姿は、獲物を前にした狼のようである。

……太刀打ちできない！

と、糸川は察知した。

彦次郎の切っ先が、小刻みに震えていた。顔がひき攣《つ》り、腰も浮いていた。一方、武士の構えは腰が据わり、隙がなかった。

彦次郎と武士の力の差は歴然としていた。長くは持たないだろう。

そのとき、牢人が刀を上げて上段に構えなおした。両肘を高くとり、切っ先で天空を突くように刀身を垂直に立てている。

……この構えは！

糸川は、牢人の大きな構えに気圧《けお》された。

牢人の構えた長刀が、頭上から天空を突くように長く伸びていた。その刀身が、淡い夕闇のなかで銀色《しろがねいろ》にひかっている。牢人の頭頂から天空に疾《はし》る稲妻のようだった。

そのとき、糸川の脳裏に、頭を縦に斬り割られた間中の凄絶な死顔がよぎった。

……間中は、この構えから幹竹割《からたけわ》りに、斬られたのだ！

と、糸川は察知した。

「いくぞ！」

牢人が、足裏を摺《す》るようにして間合をせばめてきた。

牢人は痺《しび》れるような剣気をはなっていた。高い上段の構えとあいまって、上から覆いかぶさってくるような威圧感がある。

牢人は、この上段の構えから真っ向へ斬り込んでくるにちがいない、と糸川は察知した。

糸川は後じさった。牢人の真っ向への斬撃をまともに受けたら、間中のように頭を斬り割られるとみたのである。

だが、糸川の足がとまった。踵が岸際に迫っていた。それ以上下がると、土手の急斜面を転がり落ちる。

牢人はジリジリと間合を狭めてきた。

そのときだった。彦次郎の悲鳴がひびいた。

糸川の目の端に、彦次郎の左袖が裂けているのが見えた。武士の斬撃をあびたらしい。だが、浅手のようだ。出血はわずかである。

彦次郎は逃げるように岸際に後じさり、武士は摺り足で彦次郎に迫っていく。

……このままでは、ふたりとも殺られる！

と察知した糸川は、突如、左手に跳び、
イヤアッ！

と、裂帛《れっぱく》の気合を発し、彦次郎に切っ先をむけている武士に急迫した。

刹那、牢人が糸川にむかって踏み込み、タアッ！　と鋭い気合を発して、上段から斬り下ろした。

稲妻のような閃光《せんこう》がはしり、糸川の右肩から背にかけて疼痛《とうつう》がはしった。着物が裂け、血が飛んだ。

……やられた！

と、糸川は頭のどこかで思ったが、動きをとめなかった。

糸川は走り寄りざま、武士の肩を狙って袈裟に斬り込んだ。

バサッ、と武士がかぶっていた網代笠が裂けた。だが、糸川の切っ先は、武士の肩までとどかなかった。

武士は、糸川の二の太刀を避けようとして大きく背後に跳んだ。大柄な体だが、動きは敏捷だった。

だが、武士が背後に跳んだため、彦次郎との間があいた。

糸川の背後に、牢人が迫っていた。鋭い剣気をはなっている。

……振り返れば斬られる！

と、糸川は感知した。

「彦次郎、川へ跳べ！」

叫びざま、糸川は岸際から川にむかって跳んだ。

跳躍した糸川の体は、尻と背を下にして土手の急斜面に落下した。バサバサバサッ、と丈の高い葦を薙《な》ぎ倒し、糸川は岸際の浅瀬まで滑り落ちた。

一瞬、躊躇《ちゅうちょ》した彦次郎も、糸川が急斜面に落ちるのを見て、岸際から跳んだ。彦次郎も葦を薙ぎ倒し、浅瀬まで落ちた。

糸川は浅瀬に立ち上がると、両手で岸際の葦を払いながら、バシャ、バシャと水を蹴り、川のなかほどにむかった。

彦次郎も、つづいた。水深がすこし深くなると、葦はなくなり、水の流れだけになった。

糸川は川のなかほどまできたとき、振り返って土手の上に目をやった。

岸際に三人の男が立っていた。

「あそこだ！」

武士が叫んだ。糸川と彦次郎を指差している。

糸川は彦次郎に目をやった。必死の形相で、水を蹴りながら糸川についてくる。ひどい恰好だった。元結《もとゆい》が切れてざんばら髪になり、顔が引っ掻き傷だらけだった。葦の葉や折れた茎の尖ったところで、肌を引っ掻いたのだろう。

糸川も、同じような恰好である。引っ掻き傷にくわえて、糸川は牢人の斬撃を浴び、肩から背にかけて着物が裂け、血に染まっていた。

「彦次郎、川下へ行くぞ」

糸川は、川下に船寄があるのを知っていた。そこまで行けば、舟に乗って逃れることもできる。

水深は、腰の辺りだった。糸川と彦次郎は川底を蹴って、川下にむかった。

「川下へ逃げるぞ！」

職人ふうの男が、川下にむかって走りだした。

武士もつづいたが、牢人は動かなかった。岸際に立ったまま、川を下っていく糸川と彦次郎に目をむけている。

職人ふうの男と武士も、すこし走って足をとめた。追っても無駄だと思ったのかもしれない。三人はそれぞれ、すこし離れた場所に立って、糸川と彦次郎を見つめている。

「追ってこないぞ」

糸川が、彦次郎に声をかけた。

第三章　稲妻落とし

1

「め、面目ない……」

糸川が顔をしかめて起き上がろうとした。

「糸川、寝てろ！」

市之介が慌てて制した。

枕元に座していた糸川の妹のおみつが、

「兄上、横になっていて」

と、心配そうな顔をして言った。おみつは、目鼻だちのととのった色白の美人だった。その顔がこわばっている。

御徒町にある糸川の家だった。縁側に面した居間に布団を敷き、その上に糸川は横になっていた。浴衣を着ていたが、肩から背にかけて分厚く晒《さらし》が巻いてあるのが見てとれた。

枕元には、市之介、彦次郎、おみつ、それに糸川の母親のたつの姿があった。

糸川と彦次郎が、神田川沿いの道で襲われた翌日である。

今朝、市之介は自邸に姿を見せた彦次郎から、糸川といっしょに襲われ、糸川が深手を負ったことを知らされた。すぐに、市之介は彦次郎とふたりで糸川家を訪ねたのだ。

糸川は布団に横になると、

「たいした傷ではないのだ」

と、言って苦笑いを浮かべた。

糸川はひどい顔をしていた。ざんばら髪で、顔は引っ掻き傷だらけである。

「それで、登玄《とうげん》先生は何と言っていたのだ」

市之介が訊《き》いた。

登玄は、相生町に住む町医者だった。以前、糸川が怪我をしたときも、登玄に診てもらったことがある。

市之介は戸口でおみつと顔を合わせたとき、糸川が登玄に診てもらったことを聞いたのだ。

そのとき、枕元に座っていた母親のたつが、

「登玄先生は、いまのところ命に別条はないが、安静にしていないといつまでも出血がとまらず、どうなるか分からない、とおっしゃっていました」

と、心配そうな顔で言った。

糸川も市之介の家と同じように、母親と妹の三人家族だった。女ふたりは、怪我をした糸川のことが心配でならないらしい。

「傷が治るまで、安静にしていることだな」

市之介が言った。

「刀を遣えるようになるまでは、静かにしてるよ」

糸川も、傷が癒えるまでは、どうにもならないと思っているようだ。

つづいて口をひらく者がなく、座敷が沈黙につつまれたとき、

「母上、おみつ、三人だけにしてくれないか。……青井と彦次郎に、話しておきたいことがあるのだ」

と、声をあらためて言った。

「分かりました。……みつ、この場は俊太郎にまかせましょう」

たつは、おみつを連れて座敷を後にした。

「まったく、女たちは、これしきの傷で騒ぎたてるのだから……」

糸川が照れたような顔をして言った。

座敷から出ていったふたりの足音が聞こえなくなると、

「糸川たちを襲ったのは、三人だそうだな」

と、市之介が声をあらためて訊いた。ここに来る途中、市之介は彦次郎から三人に襲われたことを聞いていたのだ。

「三人だ。新シ橋のたもとで、挟み撃ちに遭った」

糸川が、かいつまんでそのときの様子を話し、

「牢人は、間中たちを襲った男とみた」

と、言い添えた。

「なぜ、分かった」

「牢人の構えだ。……上段だが、変わった構えだった」

糸川は、牢人が上段に構え、切っ先で天空を突くように高くとったことを話した。

「上段から真っ向に、幹竹割《からたけわ》りに斬り下ろしたのか」

「まちがいない」

「だが、上段から斬り下ろすと分かっているなら、受けられるのではないか」

市之介が訊いた。

「受けられるだろうな。……間中は、受けたのではないかとみている」

糸川がつぶやくような声で言った。

「受けたのか」

だが、間中は幹竹割りに頭を斬り割られていた。

「牢人の刀は、三尺はあろうかという長刀だった。その長刀を、高く構えている。その構えから、渾身の力をこめて斬り下ろしたら、どうなる」

糸川が、市之介に目をやって言った。

「剛剣だな」

「間中が斬られていたのは、額のあたりまでだった。……間中が、受けたからではないかな。受けずに、あの長刀で斬り下ろした一撃をまともにくらえば、額のあたりではとまらず、頭を真っ二つに斬り割られていただろうな」

「そうか！　牢人は、間中が受けた刀ごと斬り下ろしたのか」

思わず、市之介の声が大きくなった。

「そうみていい。……おれは、兜割《かぶとわ》りという、真っ向から斬り下ろす太刀を見たことがある。長刀ではなかったが、やはり上段に高く振りかぶって、渾身の力を込めて振り下ろしていた。兜を割るほどの剛剣だった」

「長刀を遣えば、さらに威力が増すというわけか」

「そうだ」

「受けられないなら、逃げるしかないな」

「斬り込みが強いだけではないぞ。……迅《はや》い！　稲妻のようにな」

牢人の頭上に構えた刀身が、稲妻のようにひかっていた、と糸川が言い添えた。

「うむ……」

恐ろしい剣だ、と市之介は思った。

いっとき三人は無言で虚空《こくう》に目をむけていたが、

「もうひとりの武士は？」

と、市之介が訊いた。

「笠をかぶっていたので、顔は見えませんでしたが、大柄でした」

彦次郎が言った。

「そやつも、遣い手だぞ」

糸川が言い添えた。

「うむ……」

市之介は何者か分からなかった。

「町人は？」

「そやつも、ただの鼠ではないな。匕首《あいくち》を、遣い慣れているようだった」

「大柄な武士と、町人か」

ふたりが何者か分からないが、間中たちを斬った牢人の仲間であることはまちがいないようだ。

「青井」

糸川が市之介に顔をむけた。

「おれと彦次郎が襲われたのは、寺久保のことを探りに柳橋に行った帰りだ。間中と滝村も同じように、寺久保の探索に柳橋に行った帰りに襲われている。……偶然かもしれんが、やはり、寺久保が事件にかかわっているような気がするのだ」

「おれも、そうみてな。寺久保を探っていたのだ」

市之介は、寺久保を探るつもりで伝造にも会ったのだ。

「それなら話は早い。しばらく、彦次郎と間中たちを斬った下手人の探索にあたってくれないか。……おれが、動けるようになるまでな」

糸川が、彦次郎にも目をやりながら言った。

「承知した」

市之介が応えると、

「明日から、青井さまの屋敷にうかがいます」

彦次郎が身を乗り出して言った。

2

廊下をせわしそうに歩く足音がして障子があいた。顔を出したのは、佳乃である。色白の頰が、朱を刷《は》いたように染まっている。

「あ、兄上、いらっしゃいました」

佳乃が、市之介の顔を見るなり言った。

「だれが、来たのだ」

「はい、佐々野彦次郎さまです」

佳乃の黒目勝ちの眼が、かがやいている。

佳乃は、若く端整な顔立ちをしている彦次郎を好いているらしい。恋というより、若い娘が役者に憧れるような思いであろう。

「なんだ、彦次郎か」

市之介は、わざと素っ気なく言った。

「上がっていただきますか」

「いや、玄関で待っているように言ってくれ」

「兄上、佐々野さまに上がっていただき、お茶ぐらいお出ししないと」

佳乃が不服そうな顔をして言った。

「これから、彦次郎とふたりで、探索に行くことになっているのだ。家に上がって話している暇はない」

市之介は、浅草茅町に行ってみるつもりだった。伝造が話していた米問屋の松本屋に行って、様子を訊いてみようと思ったのだ。

「でも、お茶ぐらい、お出ししないと……」

佳乃は恨めしそうな顔で市之介を見た。

「佳乃、彦次郎はな、ここ何日か、おれと探索にまわることになったのだ。それでな、毎日、顔を出すかもしれんぞ」

「ま、毎日！」

佳乃が、目を瞠《みひら》いて言った。

「そうだ。毎日、家に上がって茶を飲んでいたら、彦次郎はお役目がはたせなくなるぞ」

「……」

佳乃が戸惑うような顔をした。

「待っているように言ってくれ」

「は、はい」

佳乃はすぐに、座敷から出ていった。

市之介は羽織袴に着替え、佳乃とふたりで玄関へ出ると、彦次郎が待っていた。背後に、茂吉の姿もあった。茂吉もいっしょに行くつもりかもしれない。

「兄上、佐々野さま、いってらっしゃい」

佳乃は、ふたりの名を口にしたが、目をむけているのは彦次郎だった。

「彦次郎、行くぞ」

市之介が仏頂面して言った。

木戸門のところまで来ると、茂吉が市之介に身を寄せて、

「旦那さま、あっしもお供しやすぜ」

と、揉み手をしながら言った。彦次郎がいるので、旦那さま、と呼んだらしい。

「勝手にしろ」

市之介は木戸門から外に出た。

「旦那さま、今日も柳橋ですかい」

茂吉が訊いた。

「茅町だ」

市之介は通りに出ると、南に足をむけた。神田川沿いの通りに出てから茅町にむかうつもりだった。

「浅草茅町ですかい」

「そうだ」

「何しに行くで?」

「茅町に松本屋という米問屋があるのを知っているか」

「知ってやすよ。蔵前《くらまえ》界隈でも、名の知れた大店《おおだな》でさァ」

蔵前は、御米蔵があることから蔵宿や米問屋の大店が軒を並べていた。その蔵前界隈でも、松本屋は名の知れた大店らしい。

「松本屋のあるじの勝右衛門と手代の伸助が、大川端で殺されたことも知っているな」

市之介は、彦次郎にも聞こえる声で言った。これから、聞き込みに行く相手のことを知らせておこうと思ったのである。

「噂は聞いていやす」

「その下手人がな、寺久保らしいのだ」

「だ、旦那、どうして分かったんです」

茂吉が、驚いたような顔をして訊いた。驚いたせいか、呼び方が旦那になっている。

彦次郎も市之介を見つめている。

「伝造という岡っ引きに聞いたのだ」

「諏訪町の親分ですかい」

「そうだ」

「諏訪町の親分なら、たしかだ。腕利きと、評判の親分でさァ」

茂吉は、伝造のことを知っているようだ。

そんなやり取りをしながら、三人は浅草御門の前まで来ると左手にまがって奥《おう》州《しゅう》街《かい》道《どう》に入った。街道の左右にひろがる町が浅草茅町である。

街道をいっとき北にむかうと、

「旦那、あれが松本屋ですぜ」

茂吉が、通りの左手にある土蔵造りの大店を指差して言った。

通り沿いには大店が並んでいたが、そうしたなかでも、松本屋は目を引いた。二階建ての大きな店舗で、裏手には白壁の土蔵もあった。

「茂吉、頼みがある」

市之介は路傍に足をとめて言った。

「なんです？」

「近所でな、松本屋の噂を聞き込んでくれんか。殺された勝右衛門が、どんな男か知りたいのだ」

市之介は彦次郎と茂吉を連れ、三人もで店に乗り込む気はなかった。それで、茂吉だけは店の外で聞き込みにあたらせようと思ったのだ。

「ようがす。やりやしょう」

茂吉が目をひからせ言った。岡っ引きにでも、なったつもりらしい。

3

市之介と彦次郎は、松本屋の暖簾《のれん》をくぐった。

ひろい土間があり、その先が座敷になっていた。左手が帳場らしく、帳場格子があり、番頭らしい男が帳場机を前にして算盤《そろばん》をはじいていた。土間には手代らしい男がふたりいて、運び込んだ米俵を船頭らしい男に指示して隅に積み上げていた。

手代のひとりが、市之介と彦次郎に気付き、慌てた様子で近寄ってきた。

「お武家さま、何かご用でございましょうか」

手代が腰をかがめて訊いた。顔に、戸惑うような表情があった。市之介たちが、客には見えなかったようだ。

「お上の者だが、亡くなったあるじのことで訊きたいことがある」

市之介は、声をひそめて言った。土間の隅にいる男たちには、聞こえないように気を使ったのだ。

お上と言ったのは、町奉行所か火盗改《かとうあらため》の者と思わせるためである。町人が殺された事件なので、幕府の目付筋とは名乗りたくなかったのだ。

「お、お待ちください」

手代はすぐに座敷に上がり、番頭のそばに行ってなにやら話した。

番頭は腰をかがめたまま、上がり框《がまち》の近くに来ると、

「番頭の留蔵《とめぞう》でございます。……お上のお調べだそうですが」

そう言って、あらためて市之介と彦次郎に目をむけた。

「八丁堀ではないが、お上の者だ。……あるじの勝右衛門と手代の伸助が、大川端で殺された件で、訊きたいことがある」

市之介は敢えて高飛車に言った。

「お待ちください。いま、あるじに訊いてまいります」

そう言い残し、留蔵は慌てた様子で帳場の脇から奥へむかった。

待つまでもなく、留蔵はすぐにもどってきて、

「お上がりになってくださいまし。あるじが、会うそうです」

と、恐縮した様子で言った。

留蔵によると、あるじの名は嘉之助《よしのすけ》で、殺された勝右衛門の嫡男だそうだ。ま

だ、先代の跡を継いで、松本屋のあるじに収まったばかりだという。

留蔵が市之介たちを連れていったのは、帳場の奥の座敷だった。そこは、上客との商談のための座敷らしかった。こざっぱりした座敷で、莨盆《たばこぼん》も用意してあった。

市之介と彦次郎が、腰を下ろしていっときすると、留蔵が二十代半ばと思われる男を連れてきた。あるじの嘉之助らしい。絽《ろ》羽織に細縞の小袖姿だった。面長で、ほっそりした体軀《たいく》をしている。

「あるじの、嘉之助でございます」

嘉之助は名乗った後、あらためて市之介に目をむけた。その視線が、不安そうに揺れている。

市之介と彦次郎も名乗った後、

「すこしは、落ち着かれたかな」

と市之介が、嘉之助に声をかけた。

「は、はい……。急なことでして、てまえもどうしていいか途方に暮れました。……お蔭さまで、いくらか落ち着いてきたところです」

嘉之助の顔が、いくぶんなごんだ。市之介のおだやかな声を聞いて、不安が多少薄れたのかもしれない。

「思い出したくないことだろうが、勝右衛門と伸助が殺された件で訊きたいことがあってな」

市之介が切り出した。

「なんでしょうか」

「あの日、勝右衛門は、並木町の扇屋で飲んだ帰りに襲われたそうだな」

そのことも、伝造から聞いていたのだ。

「は、はい……」

「商談か」

「蔵前界隈に店をかまえる米問屋や米屋のあるじたちが、集まったと聞いています」

「そうした集まりは、よくあるのか」

「いえ、滅多にありませんが……」

「出かける前、勝右衛門は何か言っていなかったか」

「いえ、何も……。番頭さん、何か聞いてますか」

そう言って、嘉之助は脇に座している留蔵に目をやった。

「これといったことは……。先代は出がけに、今日は、気安く飲める、と口にされましたが」

留蔵が、小声で言った。

「気安く飲める、と言ったのか」

勝右衛門は、気心の知れた者たちと飲んだのかもしれない、と市之介は思った。

「ところで、勝右衛門は大川端で殺されたのだな」

市之介が声をあらためて訊いた。

「そうです」

「扇屋からの帰りに、どうして大川端を通ったのだ。この店に帰るなら、街道を真っ直ぐくれば近いはずだが」

扇屋のある並木町から奥州街道に出て、そのまま南にむかえば松本屋の前に出られる。大川端の道は、遠回りになるのだ。

「それは、あの日、いい月夜だったからだと思います」

嘉之助によると、勝右衛門は浅草寺界隈で飲んだとき、月夜のときはすこし遠回りになるが、大川端の道を通ることがあるという。月夜の大川を眺めながら、川風にあたって酔いを覚ますためだそうである。

「そういうことか」

市之介も、酔ったときに、月を愛《め》でながら川風に当たる心地良さは知っていた。

「勝右衛門が亡くなった後だが、何か変わったことはあるか」

市之介が、嘉之助と留蔵のふたりに目をやって訊いた。

「とくに、ございませんが……」

嘉之助が言うと、留蔵がうなずいた。

市之介は口をつぐんでいっとき虚空に目をとめていたが、

「寺久保彦十郎という武士を知っているか」

と、嘉之助と留蔵を見つめて訊いた。

「存じません」

「てまえも、存じません」

すぐに、嘉之助と留蔵が答えた。

市之介は、ふたりが嘘を言っているとは思わなかった。

「また、寄らせてもらうかもしれん」

そう言い置き、市之介は彦次郎を連れて店から出た。

松本屋の脇で茂吉が待っていた。

「歩きながら話を聞くか」

市之介は、浅草寺方面に足をむけた。奥州街道をそのまま北にむかい、扇屋で勝右衛門が殺された夜の宴席の様子を訊いてみようと思ったのだ。

「茂吉、何か知れたか」

市之介が訊いた。

「いろいろ噂を聞きやした」

「話してくれ」

「あるじの勝右衛門が、あの大きな店を構えたのは五年ほど前だそうです。それまでは、蔵前では目立たないちいさな店だったようで」

「それで？」

市之介は話の先をうながした。

「勝右衛門はやり手で、強引なところがあったようでさァ。儲かることなら何でもやり、他の米問屋の得意先に手を伸ばしたり、すこし割安で米を卸したり、米屋のあるじを料理屋に招待したりして、商いをひろげたそうです。……界隈の米問屋のなかには、つぶれかかった店もあるそうですぜ」

「商売のことはよく分からんが、恨みも買っただろうな」

その恨みが、殺しにつながったと考えられなくもない。

「近所の住人のなかには、これで、松本屋もおとなしくなるだろう、などと陰口をたたくやつもいやした」

茂吉が言った。

「うむ……」

勝右衛門を恨んでいた者が、殺しを寺久保に依頼したのかもしれない。

それから、市之介たちは扇屋に立ち寄り、女将から、勝右衛門たちの宴席の様子を訊いてみた。

「特に、変わったことはありませんでしたよ。集まった方は、松本屋の旦那の他に四人でしてね。みな、松本屋さんの得意先らしく、賑やかに飲んでおられました」

女将によると、勘定も勝右衛門が払ったという。

「邪魔したな」

市之介は腰を上げた。これ以上、扇屋で聞き込んでも、下手人につながるような話は聞けないと思ったのである。

市之介たち三人は、遅い昼食を近くのそば屋でとってから、並木町を出た。せっかくなので、市之介は勝右衛門が殺された大川端を通って御徒町に帰るつもりだった。

4

「おれは、勝右衛門殺しを寺久保に頼んだ者がいるような気がする」

市之介が、つぶやくような声で言った。

市之介、彦次郎、茂吉の三人は、大川沿いの道を南にむかって歩いていた。まだ、陽は西の空にあった。道沿いの店はあいていたし、人通りもちらほらあった。

市之介は用心のために、ときどき背後に目をやったが、尾《つ》けている者はいないようだった。

「あっしも、そう思いやすぜ。……米問屋のなかには、勝右衛門を恨んでいるやつがいるようだ」

そう言って、茂吉が目をひからせた。

「すると、寺久保は金ずくで殺しを引き受けたわけですか」

彦次郎が市之介に目をむけて訊いた。

「そうみていいな」

「殺し屋ですか」

彦次郎は驚いたような顔をした。

「寺久保は賭場の用心棒をしていたころ、徒牢人《いたずらろうにん》のような恰好をしていたらしいが、急に御家人ふうに身装《みなり》を変え、柳橋にも姿を見せなくなったと聞いている。殺し屋であることを隠すためではないかな」

「そうかもしれません」

彦次郎が昂《たかぶ》った声で言った。

「殺し屋かい」

茂吉も、驚いたような顔をしている。

「寺久保が殺し屋なら、ひとりで動いているはずはない。元締めや仲間がいるはずだ」

「青井さま、わたしと糸川さまを襲ったのは、寺久保と仲間のふたりかもしれません」

彦次郎が声を大きくして言った。

「寺久保が三人のなかにいたとすれば、網代笠《あじろがさ》をかぶっていた武士だな」

別の武士は、間中たちを斬った牢人とみられていた。もうひとりは、町人である。

「武士は大柄でした。寺久保も大柄と聞いています」

彦次郎が断定するように言った。

「あの日、糸川と彦次郎は、寺久保を探りに柳橋まで行ったのだな」

「そうです」

「すると、探りにきた糸川と彦次郎を始末するために、寺久保はふたりの仲間の手を借りて襲ったというわけか」

「まちがいありません」

「三人とも、殺し屋か」

そうかもしれない、と市之介は思った。

「旦那、寺久保たちが殺し屋なら、元締めがいるはずですぜ」

茂吉が低い声で言った。獲物を追う猟犬のような目をしている。

「そうだな」

市之介も、依頼人から殺し料を受け取ったり、殺し屋たちに殺しの仕事を仲介したりする元締めがいるはずだと思った。

「旦那、伝造に話を訊いてみたらどうです」

茂吉が声を大きくして言った。

「諏訪町の御用聞きか」

「へい、伝造なら殺し屋の元締めのことも知っているかもしれねえ」

「よし、明日、諏訪町に行ってみよう」

市之介も、柳橋や浅草を縄張にしている伝造なら、殺し屋や元締めのことを耳にしているのではないかと思った。

翌日、市之介は茂吉とふたりだけで、諏訪町にむかった。三人で行くことはなかったので、彦次郎には茅町の松本屋の近くで聞き込みにあたってもらうことにした。勝右衛門を恨んでいた者をつきとめ、寺久保との接触がないかを探るのである。

ただ、彦次郎ひとりでは、また襲われる恐れがあったので、

「彦次郎、だれか、いっしょに行く者はいないか」

と、市之介が訊いた。

「重田《しげた》どのと行きます」

彦次郎によると、重田登八郎《とうはちろう》は同じ御小人目付《おこびとめつけ》で、間中と滝村が殺された件の探索に当たっているという。

「暮れ六ツ（午後六時）前に、切り上げて帰るようにしろよ」

市之介は念を押した。いつ、寺久保たちに襲われるか、分からなかったのである。

そうしたやり取りがあって、市之介は茂吉とふたりだけで、伝造に会いにいった。

市之介は諏訪町の大川端を歩き、伝造が女房にやらせている小料理屋の前まで来ると、「この店だ」と言って、指差した。

まだ、昼ごろだったが、店先には暖簾が出ていた。客はいないらしく、ひっそりとしている。

市之介は暖簾をくぐり、店に入った。茂吉は慌てた様子で、市之介についてきた。

客はいなかったが、奥で話し声と水を使う音がした。伝造と女房のふたりで、客に出す肴《さかな》の仕込みでもしているようだ。

「だれか、いねえかい」

茂吉が声をかけた。

すると、奥で、「すぐ行きます」と女の声がし、下駄を鳴らして女将が姿を見せた。

「あら、旦那、いらっしゃい」

女将が、愛想笑いを浮かべて言った。市之介のことを覚えていたようである。

「伝造はいるかな」

市之介が訊いた。

「いますよ。呼びましょうか」

「頼む。それに、酒を頼むか」

「旦那、奥を使ってくださいな。すぐに、酒も用意しますから」

女将はそう言って、市之介と茂吉を小上がりのつづきにある小座敷に案内した。

市之介と茂吉が、小座敷に腰を下ろすと、すぐに障子があいて、伝造が顔を見せた。

「旦那、今日はふたりですかい」

伝造が茂吉に目をやって言った。

「伝造親分、あっしは茂吉といいやす。旦那の手先でさァ」

茂吉が、神妙な顔をして言った。

「茂吉さんかい。気楽にやってくんねえ。見たとおり、気兼ねするような店じゃァねえからな」

そう言って、伝造は障子近くに腰を下ろした。

5

女将が酒肴《しゅこう》の膳を運んできた。

市之介たちは、いっとき喉を潤してから、

「実は、また、伝造に訊きたいことがあって、足を運んで来たのだ」

市之介が、声をあらためて切り出した。

「なんです」

「伝造、おまえの睨んだとおり、勝右衛門は辻斬りに斬られたのではないようだ。

寺久保が、勝右衛門を狙って斬ったらしい」

「やっぱり、そうですかい」

伝造が市之介に目をむけた。腕利きの岡っ引きらしい、鋭い目である。

「なぜ、寺久保は勝右衛門を狙ったのか――。考えられるのは、何者かに勝右衛門殺しを頼まれたからだ」

「あっしも、そう睨んでいやす」

伝造が低い声で言った。

「寺久保は、金ずくで勝右衛門を斬ったのだ」

「……」

伝造がうなずいた。

「寺久保は殺し屋とみていい」

「あっしも、そんな気がしてやす」

「寺久保が賭場の用心棒をしてたころとちがって、身装を変え、まともな武士らしい恰好をするようになったのも、殺し屋であることを隠すためではないかな」

「……！」

伝造の双眸《そうぼう》がさらに鋭くなった。

「しかも、寺久保は他の殺し屋らしい男と、おれの知り合いを襲っているのだ。殺し屋は、何人もいるようだぞ」

「寺久保の他にも、いるんですかい」

伝造が言った。

「いる。すくなくとも、寺久保の他に、ふたりはいる」

「三人か……」

「他に、殺し屋の手にかかって殺されたとみられる事件《やま》は、ないか」

殺し屋たちは、勝右衛門の他にも手にかけているはずだ、と市之介は思った。

「そういえば、半年ほど前に、柳橋の料理屋のあるじが殺されやしたが……。そんときは、辻斬りに殺《や》られたと、八丁堀の旦那もあっしも思ってやした。あれも、殺し屋の仕業かもしれねえ」

伝造によると、柳橋の老舗《しにせ》の料理屋、瀬川屋《せがわや》のあるじ、清蔵《せいぞう》が薬研堀《やげんぼり》近くの大川端で何者かに斬られ、財布を奪われたという。

その様子を見ていた者が、柳の陰に身を隠していた武士が通りかかった清蔵にいきなり斬りかかった、と証言したため、下手人は辻斬りとみられたそうだ。

「そんときも、あっしは腑に落ちなかったんでさァ」

伝造は、清蔵のすこし前を、大店の旦那ふうの男が手代を連れて通りかかったと聞いて、辻斬りならそちらを狙うのではないかと思った。ただ、そのときは、ひとりで通りかかった清蔵の方が、狙いやすかったのかもしれないと思い直し、探ってみなかったという。

「それも、殺し屋の仕事かもしれないな」

市之介は、辻斬りの仕業にみせた殺しであろう、と思った。

「清蔵殺しも、寺久保の仕業ですかい」

伝造が言った。

「いや、寺久保かどうか分からない。おそらく、殺し屋は何人かいるはずだ。それに、殺し屋たちを束ねている者もいるとみていい」

「殺し屋たちの元締めがいるってことですかい」

伝造が身を乗り出すようにして訊いた。

「そうみていいな」

「こいつは、でけえ事件《やま》だ」

伝造の声がうわずっていた。

「その元締めだがな、おれは、柳橋か浅草辺りに身を隠しているのではないかとみているのだ」

いまのところ、殺し屋の手にかかったと思われる殺しは、柳橋や浅草界隈で起こっている。殺し屋も元締めも、柳橋か浅草界隈に身をひそめているのではあるまいか。

「伝造、何か心当たりはないか」

市之介は、伝造なら何か知っているのではないかとみたのである。

「そう言われやしても……」

伝造は首をひねった。

次に口をひらく者がなかった。市之介も茂吉も黙ったまま、伝造が何か思い出すのを待っている。

「そういえば、金ずくで殺しを請け負うやつがいる、と聞いたような気がしやす」

伝造がつぶやくような声で言った。

「だれだ」

市之介が訊いた。

「名は分からねえ。それに、五、六年も前《めえ》の話なんでさァ」

伝造は、困惑したように顔をしかめた。自信がないらしい。

「ともかく、話してくれ」

「五、六年前、浅草の並木町にある亀楽楼《きらくろう》ってえ女郎屋《じょろうや》のあるじの喜兵衛《よしべえ》が、店から出たところを通りかかった男に、匕首で胸を突かれて殺られたんでさァ。……下手人は、人混みにまぎれて逃げちまった。その手口がみごとなんで、素人じゃァねえと、睨みやしてね。あっしは浅草の遊び人や地まわりを虱潰《しらみつぶ》しにあたりやした」

そこまで話して、伝造は一息ついた。

「何か知れたのか」

市之介が、話の先をうながした。

「へい、そいつは匕首の玄六《げんろく》と呼ばれる男で、殺しを金ずくで引き受けるらしいと分かりやした。……その玄六に、殺しの橋渡しをしたやつがいるってえことも、知れやしたが、柳橋に身をひそめているらしいと分かっただけで、居所も名もまったく分からなかったんでさァ」

伝造によると、玄六も橋渡しをした者の行方も分からず、いまもそのままになっているという。

「その男かも、しれない」

と、市之介は思った。

「旦那、雲を摑むような話ですぜ」

茂吉が言った。

「いや、手掛かりはある。勝右衛門殺しを頼んだ者が分かれば、そこから元締めが手繰《たぐ》れる。依頼人は、元締めにどこかで会っているはずだ。……他にもある。寺久保の塒《ねぐら》がつかめれば、そこから元締めの居所が知れるかもしれない」

「旦那、あっしも手伝わせていただきやす」

伝造が身を乗り出すようにして言った。

6

「兄上、佐々野さまがみえてますよ」

佳乃が座敷に入ってきて言った。

「彦次郎か」

市之介は刀掛けにある大刀を手にしながら訊いた。これから、出かけようとしていたのだ。

いつもと、佳乃の様子がちがった。声に、うわずったひびきがない。

「そうです。おふたりだけど、庭にまわってもらいますか」

「ふたりだと」

「はい、重田さまという方も、ごいっしょです」

佳乃が、とりすました顔で言った。どうやら、佳乃は彦次郎がふたりで来たので、仕事の話で来たと察知したらしい。

「重田もいっしょか。それなら、ここで話すか」

彦次郎たちは、勝右衛門殺しのことで何かつかみ、市之介に知らせにきたのかもしれない。

「お茶を、お淹《い》れしますか」

佳乃が訊いた。

「頼む。母上にも話してな」

市之介は手にした刀を刀掛けに置き直した。

「では、ここに、お呼びしますから」

佳乃は、そそくさと座敷から出ていった。

佳乃に案内されて、彦次郎といっしょに座敷に入ってきた重田は、市之介と対座すると、「重田登八郎にございます。青井さまのことは、糸川さまや佐々野どのからうかがっております」

　緊張した面持ちで挨拶し、あらためて低頭した。

　重田は、二十代半ばであろうか。小太りで、浅黒い顔をしていた。丸い大きな目をしている。首が太く、胸が厚かった。武芸の修行で鍛えた体らしい。

「重田、そう気を使うな。……ところで、何か知れたのか」

　市之介が、声をあらためて訊いた。

「はい、殺された勝右衛門のことをひどく恨んでいる者が知れました」

　彦次郎が言った。

「話してくれ」

「同じ米問屋の荒木屋《あらきや》のあるじです」

　あるじの名は安五郎《やすごろう》で、荒木屋は瓦町《かわらまち》にあるそうだ。浅草瓦町は茅町の北側に隣接する町である。やはり、米問屋や蔵宿などが多い。

「荒木屋は、蔵前でも名の知れた米問屋の大店だったようですが、松本屋に得意先をとられ、商いが細ってきたことで焦り、米屋に相場より安値で卸して大損をしたそうです。それで、借金がかさみ、やむなくそれまでの店をたたむことになった。その後、いまの小体な店に移り、細々と商いをつづけているようです」

「それで、勝右衛門を恨んでいるのか」

「以前、荒木屋に出入りしていた船頭や近所の者から聞いたんですが、安五郎は、うちが落ちぶれたのは、勝右衛門のせいだ、殺してやりたい、と口にしていたそうです」

「うむ……」

安五郎が、勝右衛門を恨んでいることは知れたが、殺しを依頼したかどうかは分からない。それに、殺しを依頼するには、相応の金が必要であろう。

「安五郎は、いまも荒木屋のあるじなのか」

市之介が訊いた。

「いえ、いまは隠居しています。三年ほど前に、倅《せがれ》の源造《げんぞう》が店を継ぎました。源造は以前の荒木屋にもどれるよう、商売に励んでいるようです」

彦次郎につづいて、それまで黙って聞いていた重田が、

「その源造のことで、気になることを耳にしたのです」

と、声をひそめて言った。

「気になるとは」

「源造は、奉公人たちに、以前の得意先がもどってくれれば、商いがひろげられ

る、勝右衛門さえいなければ、得意先をとりもどすことができるのに、と話していたそうです」

「倅の源造がな……」

源造にも、勝右衛門を殺したい気持ちがあるようだ。恨みを晴らすだけでなく、商いをひろげて以前のような大店にもどるためにも、勝右衛門が邪魔らしい。

「ふたりは、源造の身辺を洗ってくれないか。……どこかで、殺し屋の元締めと接触しているかもしれない」

市之介が、重田と彦次郎に目をやって言った。

「承知しました」

彦次郎が顔をひきしめて言った。

そのとき、廊下を歩く足音がし、障子があいて佳乃とつるが座敷に入ってきた。佳乃が盆に載せた湯飲みを持っている。

ふたりは市之介の脇に座り、名乗ってから、佳乃が三人の男の膝先に茶を出した。

「暑い日がつづきますねえ」

つるが、おっとりした声で言った。

ふたりとも、立ち上がる気配がなかった。そのまま座敷に残っている。市之介たちの話にくわわるつもりらしい。

「母上、佳乃、いま、伯父上からおおせつかった大事な話をしているところなのだ。しばらく、座をはずしてくれないか」

市之介が、小声で言った。ふたりがいては、彦次郎たちと話がつづけられないのだ。

「これは、気付きませんでした」

つるはそう言って、腰を上げた。

佳乃は、チラッと彦次郎に目をやってから立ち上がり、つるにつづいて座敷から出た。彦次郎は縁先の方に目をやっている。

ふたりの足音が、遠ざかったところで、

「源造が、殺し屋の元締めと会ったとすれば、料理屋のような店だろうな。自分の店で会ったとは思えないからな」

「わたしも、そう思います」

彦次郎が言った。

「柳橋か、浅草か。……源造は、商談と称して出かけたのではないかな。店の奉公人は、連れていかなかったはずだ」

「青井さま、とりあえず柳橋と浅草をあたってみます」

重田が言った。

「油断するな。これまで、柳橋を探った者たちが、四人も襲われているからな」

間中と滝村、それに糸川と彦次郎が、殺し屋一味と思われる者たちに襲われている。

「油断はしません」

彦次郎が顔をひきしめて言った。

7

市之介は彦次郎と重田を送り出し、いったん座敷にもどってから、大小を帯びて玄関から出た。すると、茂吉が近寄ってきて、

「旦那、待ってやした」

と、町方の手先のような物言いで言った。

「出かけるぞ」

市之介は茂吉とふたりで、浅草に行くつもりだったのだ。

「今日も、暑くなりそうだな」

市之介は通りを歩きながら、高くなった陽に目をやった。御家人や旗本の屋敷のつづく通りを、夏の強い陽射しが照らしていた。風がないせいもあって、ムッとするような暑熱がある。

ふたりは、御家人や旗本の屋敷の影をたどるように歩いた。

「旦那、勘助《かんすけ》はいやすかね」

茂吉が、額に浮いた汗を手の甲で拭いながら言った。

「行ってみねば、分からないな」

市之介たちは、浅草福井町《ふくいちょう》に住む勘助という男のところへ行くつもりだった。勘助は、柳橋で幅を利かせていた地まわりだったが、歳をとって睨みが利かなくなり、福井町で古女房といっしょに飲み屋を始めたそうである。

茂吉が、岡っ引きの伝造といっしょに柳橋で聞き込みにまわり、勘助のことを耳にしたのだ。

茂吉が伝造に勘助から話を訊きたいと言うと、「おめえは、勘助にあたってみねえ。おれは、別のやつに話を訊いてみる」と、伝造が言った。

茂吉が、市之介に勘助のことを話すと、市之介は乗り気になり、「それなら、ふたりで勘助から話を聞いてみよう」と、言い出した。

そうした経緯があって、市之介と茂吉は出かけてきたのだ。

浅草福井町は、茅町と隣接する町である。神田川沿いの通りから、浅草御門の手前を左手に入れば、すぐに福井町に出られる。

福井町に入って間もなく、

「この辺りの稲荷《いなり》の脇を入った先だと、聞《へえ》きやしたぜ」

茂吉が通りに目をやりながら言った。

「あそこに、稲荷があるぞ」

市之介は前方を指差した。

通り沿いに、稲荷の赤い鳥居が見えた。祠《ほこら》をかこったわずかな杜もある。

ふたりは足早に稲荷にむかった。脇に路地があった。薄暗い路地で、ごてごてと小体な店がつづいている。人通りはけっこう多く、八百屋、煮染屋《にしめや》、小体なそば屋などが目についた。仕舞屋《しもたや》や長屋もあるようだ。

「旦那、あそこに赤提灯《ちょうちん》が出てやすぜ」

茂吉が言った。

路地の先に、軒下に赤提灯をぶら下げた小体な店があった。店先に縄暖簾が出ている。飲み屋らしい。

飲み屋の斜向《はすむ》かいにあった八百屋の親爺に、飲み屋のあるじの名を訊くと、勘助とのことだった。

「この店だな」

市之介が飲み屋の前に立って言った。

店先から覗くと、なかは薄暗かった。土間に、飯台と腰掛け代わりの空樽が並べてあるだけである。客はいなかった。

「ごめんよ」

茂吉が声をかけて店に入った。

市之介は茂吉につづいて入り、後ろに立っていた。ここは、茂吉にまかせようと思ったのだ。

「いらっしゃい」

女の声がし、奥の板戸の間から女が顔を出した。

でっぷり太った大女だった。白髪交じりなので、かなりの歳であろう。勘助の女房ではあるまいか。

女は茂吉の背後に立っている市之介を見て、訝《いぶか》しそうな顔をした。武士が店に入ってくることなど、滅多にないのだろう。

「勘助さんは、いるかい」

茂吉が愛想笑いを浮かべて訊いた。

「いますよ。うちの旦那に、用があるんですか」

女の顔に、警戒するような色が浮いた。客ではないと思ったようだ。

「柳橋にいたころ、ちょいと世話になったことがあるんだ。もっとも、勘助さんは忘れちまったかもしれねえが……。ちょいと、訊きたいことがあって来たのよ」

「お名は」

女が訊いた。

「茂助《もすけ》ってえんだ。……酒を貰うかな」

茂吉は、咄嗟に頭に浮かんだ名を口にしたらしい。

「ここで、待っててください。うちの旦那に話してくるから」

やっぱり、勘助の女房らしい。

女房はそう言い残し、奥の板戸の間からなかに入った。そこが、板場になっているのだろう。板場といっても、土間の一角が板戸で仕切ってあるだけらしい。

待つまでもなく、女房が老齢の男を連れてもどってきた。男はひどく痩せていた。鬢《びん》や髷《まげ》は白髪で、背もまがっている。樽のように太った女房といっしょにいると、よけい痩せているのが目立つ。

「おれが、勘助だが、おめえさんは」

勘助は茂吉に訊いたが、目は背後にいる市之介にむけられている。警戒しているようだ。

「茂助だ。後ろにいるお方にお仕えしている」

茂吉が小声で言った。

すると、市之介が一歩近寄り、

「名は言えぬが、訊きたいことがあってな」

と、おだやかな声で言った。

「……」

勘助は首をすくめるように頭を下げただけで、上目遣いに市之介を見ている。

「柳原通りで、ふたりの武士が斬られたのを知っているか」

市之介が切り出した。

「噂は聞いていやす」

「実は、殺されたふたりは、おれの知り合いなのだ。……ふたりには残された家族もいてな。このままでは、あまりに無念でならぬ。それで、下手人をつきとめたいのだ」

市之介がもっともらしく言った。

「そうですかい」

勘助は、すこしだけ表情をやわらげた。

「それで、いろいろ探っているうちにな。下手人を、柳橋で見た者がいると話してくれた者がいるのだ」

「柳橋ですかい」

勘助の目に好奇の色が浮いた。市之介の話に、乗ってきたようである。

8

市之介は勘助に身を寄せ、

「柳橋で訊きまわっているうちに、柳橋のことなら勘助に訊けば分かる、と言われてな。こうした訪ねてきたわけだ」

と、声をひそめて話した。

「そうでしたかい」

勘助がしんみりした声で言った。

「勘助、酒と肴を頼む。一杯やりながら、話を訊きたい」

市之介が声をあらためて言った。

「ようがす。すぐに、支度しやすぜ」

そう言い置き、勘助は板戸の間から板場に入った。

いっときすると、勘助と女房とふたりで酒と肴を運んできた。肴は煮染と酢の物、それに茄子の漬物だった。

市之介たちは空樽に腰を下ろし、いっとき飲んでから、

「勘助、寺久保彦十郎という武士を知っているか」

市之介が、いきなり寺久保の名を口にした。まわりくどい言い方は必要ない、と思ったのである。

一瞬、勘助は驚いたような顔をして市之介を見たが、

「知っていやす」

と、低い声で言った。市之介にむけられた目が、底びかりしている。地まわりだったころの顔を垣間見させたようだ。

「寺久保は柳原通りでふたりの武士を斬った下手人に、かかわりがあるようなのだ」

市之介が言った。

「そうですかい」

「寺久保の塒を知っているか」

「塒は知りやせん」

すぐに、勘助が言った。

「寺久保は、徒牢人のような恰好をして、賭場の用心棒をやっていたと聞いている。ところが、その後、賭場には顔を出さず、羽織袴姿で御家人のような姿をするようになったそうだが、なぜだ」

「町方に目をつけられねえように、気を使うようになったんでさァ」

「なぜ、町方に気を配るようになった」

市之介が訊いた。

「金蔓《かねづる》をつかんだからで」

「金ずくで、殺しをやるようになったんでさァ。それで、目立たねえように、御家人ふうの恰好をするようになった。やつの家は、もともと御家人でしてね。あっしらは陰で、御家人彦十って呼んでやした」

「どういうことだ」

「やはりそうか」

市之介が、考えていたとおりである。

「寺久保は、いまも柳橋にいるのではないか」

「いるかもしれねえ。……柳橋でなけりゃァ、茅町か、福井町辺りでしょうよ」

そう言うと、勘助は銚子をとって、市之介と茂吉の猪口《ちょこ》に酒をついでくれた。

茅町も福井町も、柳橋の近くである。

市之介は猪口の酒を飲み干してから、

「殺し屋を束ねている者がいるはずだな」

と、声をあらためて訊いた。

「元締めですかい」

「知っているか」

「元締めがいることは知ってやすが、名も居所も分からねえ。……あっしが柳橋にいたころは、暗闇《くらやみ》の旦那《だんな》、と呼んでやした」

「暗闇の旦那だと」

市之介が聞き返した。

「へい、元締めが姿を見せるのは、夜だけだと言われてやしてね。たまたま姿を見かけた者もいやすが、暗闇のなかだったので、顔もはっきりしねえ、と言ってやした。それで、暗闇の旦那と呼ばれてるんでさァ」

「うむ……」

市之介は、元締めの居所をつきとめるのは容易ではない、と思った。

「ところで、殺し屋は、寺久保の他にもいるらしい。ひとりは、匕首の玄六と呼ばれる男だ」

市之介は、伝造から聞いていた玄六の名を出した。

「玄六なら、あっしも聞いたことがありやす」

勘助が言った。

「玄六の塒を知っているか」

「塒は知りやせん」

「やはり、柳橋にいることが多かったのか」

「へい。……そういえば、玄六の情婦《おんな》が、柳橋にいると聞いたことがありやす」

「情婦の名は」

市之介は、情婦から手繰れるかもしれない、と思った。

「およしだったか、およねだったか……。はっきりしやせん」

「居所は分かるか」

「柳橋のたもと近くで、小料理屋をやっていると聞いたことがありやす」

勘助は、小料理屋の店の名は知らないという。

「旦那、それだけ分かりゃァ、つきとめられやすぜ」

茂吉が言った。

「そうだな。……ところで、寺久保の仲間の殺し屋は、玄六の他にもいるらしいんだが、知っているか」

「知りやせん」

すぐに、勘助が言った。

「そうか」

玄六から手繰れば、寺久保や他の仲間のことも、何とか知れるだろう。

話がひととおり済んだとき、

「旦那、気をつけた方がいいですぜ。……殺しを稼業にしているやつらだ。八丁堀だろうと、火盗改《かとう》だろうと、容赦しねえ」

勘助がきびしい顔で言った。

「承知している。すでに、おれたちの仲間が襲われているからな」

市之介が低い声で言った。顔がひきしまり、双眸に切っ先のような鋭いひかりが宿っている。

第四章　元締め

1

茂吉は柳橋のたもとに来ていた。橋上を、大勢の通行人が行き来している。

八ツ（午後二時）ごろだった。曇天のせいもあって、それほど暑くなかった。凌《しの》ぎやすい日である。

茂吉は、匕首《あいくち》の玄六と呼ばれる殺し屋の情婦《おんな》をつきとめるつもりで来ていた。出がけに、市之介が、おれも行くと言ったが、茂吉は、あっしひとりでやりやす、と言って、ひとりで来たのだ。

玄六の情婦の居所を探すのに、旗本である市之介が、八丁堀同心の手先のようにうろうろ嗅ぎまわることはない、と茂吉は思ったのである。

……小料理屋といったな。

橋のたもとや通りに目をやったが、小料理屋らしい店はなかった。料理屋やそば屋などはあったが、小体な店はあまりなかった。

近所で訊《き》いた方が早いと思い、たもと近くにあった笠屋に足をむけた。奥州街道が近いこともあって、旅人の客が多いのだろう。店先に、菅笠《すげがさ》や網代笠《あじろがさ》が並べてあった。合羽《かっぱ》も扱っているらしく「合羽処」と書かれた看板が出ている。

茂吉は店先にいたあるじらしい男に、

「この辺りに、小料理屋はねえかい」

と、照れたような顔をして訊いた。笠屋で小料理屋のことを訊くのは、きまりが悪かったのである。

「小料理屋ですか」

あるじらしい男は、不機嫌そうな顔をした。

「ちょいと、わけありでな。この辺りにある小料理屋を探しているのだ」

「近所に、小料理屋はありませんよ」

あるじらしい男は、素っ気なく言った。

「近くに、ねえのかい」

「川沿いの道をすこし行くと、路地がありましてね。そこなら、小料理屋もありますよ」

「行ってみるか」

すぐに、茂吉は笠屋の店先から離れた。

あるじらしい男に言われたとおり、神田川沿いの道を西にむかってすこし歩くと、右手に入る路地があった。

……ここだな。

裏路地だが、ぽつぽつ人影があり、小体なそば屋、飲み屋、一膳めし屋などが目についた。近所に住む町人が多いようだ。

路地に入っていっとき歩くと、小料理屋らしい店があった。ちいさな店だが、小洒落た造りになっている。戸口は格子戸で、脇に掛行灯《あんどん》があった。掛行灯には、「酒処、小菊《こぎく》」と書いてあった。

……店に入《へえ》るわけにはいかねえな。

茂吉は、近所で訊いてみようと思った。

路地に目をやると、斜向《はすむ》かいに下駄屋があった。店先にあるじらしい男がいたので、小菊のことを訊いてみることにした。

「あるじかい」

茂吉は、店先にいた男に声をかけた。

「へい、……旦那、下駄ですかい」

あるじが、揉み手をしながら訊いた。茂吉を客と思ったらしい。

「ちょいと、訊きてえことがあってな」

茂吉がそう言うと、途端にあるじの愛想笑いが消えた。

しかたなく、茂吉は懐から巾着を取り出し、波銭を何枚かつまみ出し、とっときな、と言って、あるじに握らせてやった。

「何を、お聞きになりたいんです」

あるじは、満面に笑みを浮かべて言った。鼻薬が利いたらしい。

「そこに、小料理屋があるな」

「ありやすが」

「女将の名を知ってるかい」

「およしですよ」

あるじは口許に薄笑いを浮かべて言った。茂吉が、女将に気があって訊いていると思ったようだ。

「およしか」

茂吉は、玄六の情婦にまちがいない、と思った。勘助は、玄六の情婦はおよしかおよねだと口にしたのだ。

「およしが、男と歩いているのを見たのだがな。男の名を、知っているかい」

茂吉が声をあらためて訊いた。

「さァ、名は知りませんねえ」

「おめえも、およしが、男と歩いているのを見たことがあるのかい」

「ありますよ」

「どんな男だった」

「遊び人ふうに見えましたが……」

「遊び人な」

茂吉は、市之介から、糸川たちを襲った三人のなかにいた町人は、職人ふうだったと聞いていた。ただ、殺しにかかるときは、別の恰好をするだろうから、あまりあてにはならない。

「その男は、よく来るのかい」

「くわしいことは、知りませんが、ときどき姿を見かけますよ」

「店に来るのは、いつごろだい」

茂吉は、男の顔を見てみようと思った。

「暮れ六ツ（午後六時）ちかくですよ」

「そうか」

およしのことは、忘れるか、と言い残し、下駄屋の店先から離れた。およしに気があって話を訊いた、とあるじに思わせるために、茂吉はわざとそう言ったのである。

路地を歩き、一膳めし屋を見つけると、なかに入った。一杯やりながら、暮れ六ツちかくなるのを待とうと思ったのだ。

茂吉は一膳めし屋のなかが、薄暗くなってから店を出た。曇天なので陽の位置は分からなかったが、そろそろ暮れ六ツだろう。

おやじから話を聞いた下駄屋の脇に身を隠した。下駄屋は、店仕舞いして表戸をしめている。

茂吉は小菊の店先に目をやった。格子戸から淡い灯が洩《も》れている。

それから小半刻（三十分）ほどして、路地が夕闇につつまれたころ、職人ふうの男が小菊の店先に近寄ってきた。腰切《こしき》り半纏《ばんてん》に黒股引《ももひき》姿の男である。

……やつだ！

茂吉は、玄六にまちがいない、と思った。男の身装《みなり》が、彦次郎から聞いていたものだった。それに、男の身辺には、殺し屋らしい殺伐とした雰囲気がただよっていた。

男は小菊の戸口に足をとめると、路地の左右に目をやってから格子戸をあけてなかに入った。

……見つけたぜ！　ここが、やつの巣だ。

茂吉は、胸の内で声を上げた。

玄六は小菊に住んでいるわけではないらしいが、小菊を見張っていれば玄六が姿をあらわすだろう。捕縛も尾行もできるはずだ。

2

「旦那さま！　旦那さま！」

縁先で、茂吉の声がした。何かあったらしく、ひどく慌てている。

市之介は、急いで袴の紐を結んで縁先に出た。

「どうした、茂吉」

すぐに、市之介が訊いた。

「諏訪町の親分が殺《や》られた！」

茂吉がうわずった声で言った。

「伝造か！」

「へい」

「場所はどこだ」

「諏訪町の大川端でさァ」

「行ってみよう。茂吉、門へまわってくれ」

市之介はすぐに二刀を手にして、玄関へむかった。つるが慌てた様子でついてきたので、八丁堀同心の手先が殺されたらしい、とだけ話した。

木戸門の脇で、茂吉が待っていた。ふたりは門から通りへ出ると、南に足をむけた。神田川沿いの通りを浅草方面にむかうつもりだった。

市之介は神田川沿いの通りを足早に歩きながら、

「茂吉、どうして伝造が殺されたことを知った」

と、訊いた。まだ、五ツ半（午前九時）ごろだった。諏訪町まで出かけてもどったにしては早過ぎる。

「ぼてふりが、諏訪町の御用聞きが殺された、と口にしているのを耳にしやしてね。訊いてみると、伝造親分だったんでさァ」

茂吉が昂《たかぶ》った声で言った。

「だれに殺されたかは、分らないのだな」

「へい」

「ともかく、行ってみようか」

市之介は、寺久保ではないかと思ったが、口にしなかった。死体を見てみないと何とも言えない。

市之介と茂吉は、奥州街道に出ると北にむかった。浅草御蔵《あさくさおくら》の前を通り、黒船町《くろふねちょう》を過ぎたところで、右手の路地に入った。その辺りが、諏訪町である。

路地は大川端の通りに突き当たり、川沿いの道をさらに北にむかうと、岸際に人だかりができていた。

「旦那、あそこですぜ」

茂吉が指差した。

人だかりのなかに、八丁堀同心の姿があった。小袖を着流し、巻羽織と呼ばれる独特の恰好をしているので、遠目にも八丁堀同心と知れる。

「野宮どのだ」

市之介はその姿から北町奉行所、定廻《じょうまわ》り同心、野宮清一郎と分かった。

市之介たちが人垣のそばまで行くと、野宮が、

「青井どの、ここへ」

と声をかけ、手招きした。

「見てくれ、この死骸《ほとけ》を」

野宮が足元の叢《くさむら》を指差した。

「伝造だ！」

伝造は、十手《じって》を握ったまま横臥《おうが》していた。顔を苦痛にゆがめ、目を瞠《みひら》いたまま死んでいる。胸を刃物で刺されたらしく、胸の辺りがどす黒い血に染まっていた。辺りの叢にも、黒ずんだ血が飛び散っている。

……武器《えもの》は匕首か！

伝造は匕首で胸を刺されたらしい、と市之介はみた。

一刺しで、仕留められている。切っ先が、心ノ臓まで達しているにちがいない。下手人は匕首を遣い慣れた者であろう。

……下手人は匕首の玄六だ。

と、市之介は確信した。

「青井どのは、ちかごろ伝造と会ったようだな」

野宮が言った。

他の岡っ引きから、市之介が伝造と会っていたのを聞いたのかもしれない。

「野宮どのは、寺久保彦十郎という男を知っているか」

市之介は寺久保の名を出した。

「御家人彦十だな」

野宮が声をひそめて言った。どうやら、野宮も、寺久保のことを知っているらしい。ただ、寺久保が御家人彦十と呼ばれた徒牢人《いたずらろうにん》のころのことだろう。

「実は、糸川どのと佐々野を襲った三人組のなかに、寺久保がいたのだ。……寺久保を探っているうちに、伝造も寺久保を追っていると知ってな、それで、伝造に会っていろいろ話を訊いたのだ」

市之介は、殺し屋や元締めのことは口にしなかった。野宮たちが下手に探索に動くと、殺し屋や元締めが姿を消す恐れがあったのだ。

「すると、伝造は寺久保に殺られたのだな」

野宮が言った。

「どうかな。……伝造は、匕首で刺されたとみたが」

「匕首なら、伝造を殺ったのは、武士ではないことになるぞ」

野宮は、首をひねった。匕首の玄六のことは知らないらしい。

市之介は、野宮に玄六のことを話さなかった。隠したわけではない。柳橋や浅草界隈を縄張にしている岡っ引きに訊けば、玄六のことは知れると思ったのだ。

市之介と野宮がそんなやり取りをしていると、彦次郎と糸川が姿を見せた。糸川は傷が癒えて、歩きまわれるようになったようだ。

糸川は野宮に声をかけてから、横たわっている玄六に目をやり、

「この男は？」

と、小声で市之介に訊いた。

「伝造という御用聞きだ」

市之介はそう言った後、糸川と彦次郎を人垣の外に連れ出した。そして、これまでの経緯をかいつまんで話してから、

「寺久保たちは、伝造の探索の手が自分たちの身近に迫っていると知り、始末したにちがいない」

と、言い添えた。

「殺し屋どもは、自分たちに探索の手が及びそうだと知ると、すぐに始末するようだな。……おれたちを襲ったのも同じだろう」

糸川が顔をけわしくして言った。

「寺久保たちは、殺し屋だ。……殺しで始末しようとするのは、当然かもしれん」

「うかうか、柳橋界隈は歩けないということですか」

彦次郎が言った。

「だが、柳橋を探らなければ、寺久保も他の殺し屋も、捕らえることはできない」

市之介は、殺し屋たちも元締めも柳橋界隈に身をひそめているとみていた。

「うむ……」

糸川が顔をしかめた。

「こうなったら、先手をとるしかないな」

市之介が言った。

「先手とは」

「実は、茂吉が玄六の居所をつかんだのだ。しばらく玄六を泳がせて、寺久保や元締めの居所を探ろうと思ったのだが、のんびり構えている余裕はないようだ」

「玄六を捕るのか」

糸川が身を乗り出すようにして訊いた。

「それしか手はないな」

「よし、やろう」

糸川が声を上げると、彦次郎もうなずいた。

3

「そこの店が、小菊でさァ」

茂吉が、斜向かいにある小料理屋を指差して言った。

茂吉、市之介、糸川、彦次郎、重田の五人は、商いを終えて店仕舞いした下駄屋の脇にいた。

暮れ六ツ（午後六時）の鐘が鳴ったばかりだった。路地はまだ日中の明るさが残っていたが、下駄屋の脇は淡い夕闇につつまれている。

市之介たちは、玄六を捕らえるために来ていたのだ。小菊の店先には暖簾《のれん》が出ていたが、まだ灯の色はなかった。

「そろそろ来るかな」

市之介が路地の先に目をやって言った。

「やつは、もうちょいと、暗くなってから来るはずですぜ」

茂吉は、ここ三日、小菊を見張り、玄六があらわれるのを目にしていた。それで、玄六がいつごろ姿を見せるか知っていたのである。

「茂吉、店のなかの様子は分かるか」

市之介が訊いた。

「へい、土間の先に小上がりがありやして、その奥が小座敷になっているようでさァ」

茂吉は、昨夜、店から出てきた客に、なかの様子を訊いたという。

「青井、女はどうする」

糸川が訊いた。

「およしも、つかまえよう。何か知っているかもしれない」

「客は？」

「逃がしてもいいだろう。ただ、八丁堀か火盗改《かとう》と思わせよう。しばらく、時間が稼げるはずだ」

市之介は、彦次郎と重田にも聞こえるように話した。

「だ、旦那、来やした！」

茂吉が声を殺して言った。

通りの先に、職人ふうの男が姿を見せた。腰切り半纏に黒股引姿である。

「あの男だ！」

彦次郎がうわずった声で言った。彦次郎は、糸川とともに神田川沿いの道で襲われたとき、玄六の姿を見ていたのだ。

彦次郎が逸《はや》って、下駄屋の脇から路地に飛び出そうとした。

「待て！　やつが店に入ってからだ」

市之介が、彦次郎の肩をつかんでとめた。玄六は俊敏だった。路地で仕掛けたら、逃げられるかもしれない。

玄六は小菊の店先で足をとめ、路地の左右に目をやってから格子戸をあけた。

「行くぞ！」

市之介が声をかけた。

重田が先にたった。市之介、糸川、彦次郎の三人が後につづいた。茂吉は、しんがりである。

重田は、玄六に顔を知られていなかった。糸川と彦次郎は、玄六に顔を知られている。市之介は知られているかどうか分からなかったが、念のため後にまわったのだ。

重田は戸口に立つと、

「入ります」

と、小声で言って、格子戸をあけた。

重田が土間に入り、市之介がつづいた。糸川と彦次郎は、その背後についた。

小上がりに、ふたりの客がいた。職人ふうの男である。その小上がりの隅に、玄六が腰をおろしていた。

「てめえら！」

玄六が叫んで、立ち上がった。

「お上だ！　神妙にしろ」

重田が声を上げ、玄六に迫った。

市之介はすばやく抜刀し、刀身を峰に返すと、小上がりに飛び上がった。糸川と彦次郎も刀を抜き、玄六の背後にまわり込んだ。

「殺してやる！」

叫びざま、玄六が匕首を取り出した。

ワッ！　と、悲鳴を上げ、ふたりの客は、転げるように土間に逃れた。そして、土間の隅に身を寄せ、ひき攣《つ》ったような顔をして身を顫《ふる》わせている。

「玄六、神妙にしろ！」

市之介は刀を脇に構え、玄六の前に立ち塞がった。

玄六は匕首を顎《あご》の下に構え、背を丸めた。小上がりの隅に置かれた行灯の灯を映じて、匕首がひかった。牙を剝いた狼のようである。

市之介が一歩踏み込んだ瞬間、

「死ね！」

叫びざま、玄六がつっ込んできた。

玄六はすばやい動きで市之介に身を寄せ、匕首をふるった。

咄嗟に、市之介は右手に踏み込みざま刀身を横に払った。一瞬の太刀捌《さば》きである。

玄六の匕首の切っ先が市之介の肩先をかすめて空を切り、市之介の刀身は玄六の腹をとらえた。

グッ、と玄六が喉のつまったような呻《うめ》き声を上げ、上半身を前に折れたようにかしがせた。

玄六は匕首を取り落とし、よたよたと前によろめいた。そして、足がとまると、両手で腹をおさえてうずくまった。苦しげな呻き声を上げている。市之介の峰打ちが、玄六の肋骨《ろっこつ》を折ったのかもしれない。

「縄をかけろ！」

市之介が声を上げると、遅れて入ってきた茂吉が、

「あっしに、まかせてくだせえ」

と言って、玄六の後ろにまわり、懐から細引《ほそびき》を取り出した。

そのとき、小上がりの奥の障子があき、女の悲鳴が上がった。顔を出したのは、年増だった。およしらしい。

およしは逃げなかった。目尻が裂けるほど瞠目《どうもく》し、凍りついたようにその場につっ立った。恐怖で、身が竦《すく》んでしまったらしい。

「およし、お上の者だ。玄六は、博奕《ばくち》の咎《とが》でお縄にした」

市之介は、土間の隅で震えているふたりの客に聞こえるように言った。こう言

っておけば、後で訊かれたとき、玄六は博奕の咎で捕らえられたとしゃべるはずである。

彦次郎が、およしに縄をかけた。念のために、玄六とおよしに猿轡《さるぐつわ》をかました。

「暖簾をしまうぞ」

糸川が、店先に出ていた暖簾をしまった。後から客が入らないように、そうする手筈になっていたのだ。

市之介はふたりの客のそばに行き、

「騒ぎ立てすると、おまえたちもお縄にするぞ」

と、ふたりを睨みつけて言った。

「……！」

ふたりは恐怖に身を顫わせ、土間にへたり込んだ。

それから一刻（二時間）ほど、市之介たちは店のなかにとどまっていた。町筋が夜陰につつまれるのを待っていたのだ。夜になってから、人気《ひとけ》のない裏路地や新道をたどって玄六とおよしを連れ出すことにしていたのである。

4

市之介たちが、玄六とおよしを連れていったのは、彦次郎の家の納屋だった。納屋といっても、土蔵のような造りになっていて、戸口の戸を締め切れば、物音や話し声が洩れることはなかった。

納屋は古い建物で、床の根太《ねだ》は落ち、床板が所々剝がれていた。古い家具や破れた襖などが隅に置かれ、黴《かび》の臭いがただよっている。

市之介たちは、捕らえた下手人を吟味するおり、これまでも彦次郎の家の納屋を使っていた。ときには、拷問をすることもあった。市之介たちのひそかな吟味蔵といってもいい。

すでに、夜は更けていたが、市之介たちは今夜のうちに、玄六とおよしを吟味するつもりだった。

納屋のなかは漆黒の闇につつまれていたが、燭台に火を点けると、闇を拭いとったように明るくなった。ただ、はっきり見えるのは燭台の火の近くだけで、納屋の隅は闇につつまれている。

納屋のなかには、市之介、糸川、彦次郎、それにおよしの姿があった。玄六は納屋の外の庭木にくくりつけてあった。そばで、重田と茂吉が監視している。

市之介たちは、先におよしから話を聞くことにした。およしは、隠さずに話すとみたのである。およしには、小料理屋の女将らしい世間ずれしたところがあったが、それほど悪い女には見えなかった。

「およし、ここはな。八丁堀の拷問蔵《せめぐら》と同じようなところだ。白《しら》を切れば、痛い目をみることになるぞ」

市之介が、およしを見すえて言った。燭台の火に照らされた市之介の顔が、闇のなかに赤く爛《ただ》れたように浮き上がっていた。不気味な顔である。

「……！」

およしは、紙のように蒼ざめた顔で身を顫わせている。

「およし、玄六が何をしていたか知っているな」

市之介が低い声で訊いた。

「や、屋根葺《ふ》きをしている、と言ってました」

およしが、声をふるわせて言った。

「玄六は、懐に匕首を持っていたな。いつも肌身離さず、持っていたはずだぞ」

「……」

およしの顔が、ひき攣ったようにゆがんだ。

「玄六は、何のために匕首を持ち歩いていたのだ。およし、おまえも聞いているだろう」

「げ、玄六さん、悪いやつに付け狙われているので、用心のために持っていると言ってました」

「玄六はひとを殺すために、匕首を持ち歩いていたのだ。……玄六が、何と呼ばれていたか、知っているか」

「……し、知りません」

およしは、怯《おび》えたような顔をして首を横に振った。

「匕首の玄六と呼ばれていてな。金ずくで、人殺しを請け負っていたのだ」

「う、嘘です」

およしの顔から、血の気が失せた。

「おれは、嘘は言わぬ。ここにいるふたりも、玄六に命を狙われ、危うく命を落とすところだったのだ」

市之介が、糸川と彦次郎に目をやって言った。

「おれが、玄六たちに受けた傷を見せてやろう」

そう言って、糸川が片襟をひらき、肩口に巻かれた晒《さらし》を見せた。まだ、晒は巻いてあったらしい。糸川は玄六の匕首で傷を負ったのではないが、玄六たちに襲われたのはまちがいなかった。

「……！」

およしは、息を呑《の》んだ。体の顫えが激しくなっている。

「およし、玄六はな、何人も匕首で殺《あや》めている。玄六のような極悪人の肩を持ち、知っていることを隠せば、仲間のひとりとみなされ、まちがいなく獄門だぞ」

市之介がおよしの顔を見すえ、

「ただ、およしが正直に話せば、罰せられるようなことはないだろう。およしが、悪いことをしたわけではないからな」

と、言い添えた。

「は、話します」

およしが声を震わせて言った。

「玄六とは、いつ知り合ったのだ」

「二年ほど前に、うちの店に飲みに来て……」

およしが、小声で言った。

「そうか。……ところで、玄六だが、いつもひとりで店に来たのか」

およしと玄六の馴れ初めなど、どうでもよかった。市之介が知りたいのは、寺久保たち殺し人と元締めのことである。

「ひとりのことが多かったけど、お侍さまといっしょのこともありました」

「その侍の名を知っているか」

「玄六さん、寺久保さまと呼んでました」

「寺久保か」

思わず、市之介の声が大きくなった。

「寺久保はどこに住んでいるか、知っているか」

まず、寺久保の住処を聞き出そうと思った。

「し、知りません」

「何か聞いているだろう」

「本所の、元町《もとまち》と言ってました」

「元町か」

元町は本所だが、小菊から遠くない。柳橋を渡り、さらに両国橋を渡った先が元町である。

「それで、借家か」

元町は町人地である。寺久保が武家屋敷に住んでいるはずはなかった。借家か長屋であろう。

「知りません」

およしは、首を横に振った。

「寺久保のほかに、玄六が小菊に連れてきた者はいないか」

「寺久保さまだけです。……玄六さん、ひとりで来ることが多かったんです」

およしが、肩を落として言った。

「ところで、およし、玄六から暗闇の旦那のことを聞いたことはないか」

市之介が声をあらためて訊いた。

「く、暗闇の旦那……。聞いたことがありません」

およしが、不安そうな顔をした。暗闇の旦那という呼び方に、不気味なものを感じたのかもしれない。

5

およしにつづいて、玄六を納屋に連れてきた。玄六は苦痛に顔をゆがめ、身を顫わせていた。市之介の峰打ちをあびた腹が痛むのであろう。

「玄六、おまえたちに襲われて、あやうく命を落とすところだったよ」

糸川が玄六を見すえながら言った。

市之介は、糸川の脇に身を引いた。玄六の訊問《じんもん》は、糸川にまかせようと思ったのだ。

「……し、知らねえ。おれは、何も知らねえよ」

玄六は嘯《うそぶ》くように言ったが、その声は震えを帯びていた。市之介たちに囲まれ、生きた心地がしなかったのだろう。

「知らないだと！　おれたちを襲っておいて、何も知らないだと」

糸川の顔が、怒りに染まった。

「……！」

玄六の顔がひき攣ったようにゆがみ、体の顫えが激しくなってきた。

糸川の脇にいた彦次郎が、

「おれに、匕首をむけたではないか」

と、玄六を睨みつけて言った。

ふいに、糸川が刀を抜いた。いまにも、斬りつけそうな気配があった。燭台の火を映じた刀身が、血塗られたように赤みを帯びてひかっている。

玄六は恐怖に顔をゆがめて、尻を後ろにずらせた。

糸川は切っ先を玄六の首筋に当て、

「ここで、おまえの首を落としても文句はないな」

と言いざま、切っ先を引いた。

ヒッ、と短い悲鳴を上げ、玄六が首をすくめた。

玄六の首に血の線が浮き、ふつふつと血が噴いた。血が赤い筋を引いて流れ落ち、赤い簾《すだれ》のように首を染めた。

「玄六、いっしょにいた寺久保の塒はどこだ」

糸川は、さらに切っ先を玄六の首筋に当てて訊いた。

玄六の目が恐怖で揺れた。

「すでに、およしが話している。おまえは、寺久保を小菊にも連れてきたそうだな」

「……！」

「寺久保の塒が、元町にあることは分かった。……元町のどこだ！」

糸川が鋭い声で訊いた。

「え、回向院《えこういん》の、裏手だ」

玄六が声を震わせて言った。

「借家か」

「そうで……」

がっくりと、玄六の肩が落ちた。

「おれたちを襲ったとき、もうひとりいたな。おれと立ち合った男だ。……あやつ、何者だ」

「死人《しびと》の旦那でさァ」

玄六が小声で言った。

「死人だと」

糸川が聞き返した。

「自分で、死人だと言ったんでさァ」

「名があるだろう」

「狩山仙之助さまで……」

「狩山仙之助だと」

糸川は市之介と彦次郎に顔をむけた。ふたりに、狩山を知っているか、訊いたのである。

「おれも、知らないぞ」

市之介が言うと、彦次郎も、知りません、と答えた。

「狩山も殺し屋か」

糸川が訊いた。

玄六は戸惑うような顔をして口をつぐんだが、

「狩山の旦那は、辻斬りでさァ。……気がむいたときだけ、あっしらに手を貸してくれるんで」

と、小声で言った。

「狩山の住居《すまい》はどこだ」

さらに、糸川が訊いた。

「福井町の長屋にひとりで住んでやしたが、半月ほど前に長屋を出やした」

「それで、いまはどこに住んでいる」

「知りやせん。……ごまかしてるわけじゃァねえ。狩山の旦那は、あっしの知らねえ間に、福井町の長屋を出ちまったんでさァ」

「では、どうやって狩山と連絡をとっているのだ」

「繋ぎ役がいるんで」

「名は？」

「政吉《まさきち》ってやつで」

「政吉はどこにいる」

糸川がたたみかけるように訊いた。

「し、知らねえ」

玄六が、声をつまらせて言った。その顔に、恐怖の色が浮いた。何かを恐れているらしい。

「知らなければ、連絡がとれまい。玄六、おまえは一匹狼ではない。仲間と連絡を取り合っているはずだ」

「……！」

玄六は口をつぐんだ。血の気の引いた顔に、恐怖の色が浮いている。

「何を恐れているのだ」

糸川が声を大きくして訊いた。

玄六は口をつぐんだまま、膝先に視線を落として身を顫わせている。

そのとき、市之介が、

「玄六、おまえが怖がっているのは、暗闇の旦那ではないのか」

と、玄六を見すえて言った。

ビクッ、と玄六の体が動いた。血の気が失せて紙のように蒼ざめた顔に、鳥肌が立っている。

「暗闇の旦那だな」

市之介が語気を強くして訊いた。

「そ、そうだ……」

「そいつの名は？」

「言えねえ」

「玄六、いまさら、隠してもどうにもならないぞ。それとも、暗闇の旦那がおまえを助けに、ここに乗り込んできてくれるか」

市之介が言った。

玄六は蒼ざめた顔で顫えている。

「暗闇の旦那が、おまえたち殺し屋の元締めだということは、おれたちも承知しているのだ」

「……！」

玄六の顔が、ひき攣ったようにゆがんだ。

「暗闇の旦那の名は」

市之介が強い声で訊いた。

「甚右衛門《じんえもん》の旦那で……」

玄六が、がっくりと肩を落とした。

「甚右衛門は、どこにいる」

「知らねえ。嘘じゃァねえ。暗闇の旦那は、おれたちにも居所は知らせねえんだ」

「甚右衛門は、おまえたち殺し屋に、どうやって殺しを頼んでいるのだ。顔を合わせなければ、殺しの依頼も殺し料のやり取りもできないではないか」

玄六は、どこかで甚右衛門と会っているはずである。

「政吉が知らせに来て、料理屋で会っていやす」

玄六の声が、しっかりしてきた。覚悟を決めたのかもしれない。体の顫えも、いくぶん収まっている。

「どこの料理屋だ」

「柳橋の、福寿屋《ふくじゅや》でさァ」

「福寿屋という店は、どこにある」

市之介は聞いたような店名だと思ったが、どこにある店か分からなかった。

「菊吉のある通りで」

玄六によると、福寿屋は柳橋では中堅どころの店で、あまり目立たないそうだ。また、政吉は福寿屋の若い衆だという。

「福寿屋だな」

市之介は、福寿屋に目を配り、政吉の跡を尾《つ》けて、寺久保や甚右衛門の居所をつかむのも手ではないかと思った。

6

「旦那、あれが、福寿屋ですぜ」

茂吉が斜向かいにある料理屋を指差して言った。

市之介、糸川、茂吉の三人は、柳橋に来ていた。そこは、菊吉のある通りである。市之介と糸川は網代笠をかぶり、小袖にたっつけ袴姿で二刀を帯びていた。御家人には見えない。武芸者のような扮装《いでたち》である。市之介たちは、寺久保や甚右衛門たちに気付かれないよう身を変えて来ていたのだ。

彦次郎と重田の姿はなかった。ふたりは瓦町に行き、荒木屋のあるじ、源造の身辺を探っているはずである。

市之介たちが玄六を訊問して三日経っていた。この間、市之介たちは回向院の裏手を歩き、寺久保の住む借家を探した。借家は見つかったが、寺久保はいなかった。近所の者に訊くと、寺久保が二日前に出て行くのを見たきり、帰ってこないらしい、と話した。

仕方なく、市之介たちは寺久保のことは後回しにして、先に福寿屋を探ってみることにしたのだ。

「老舗《しにせ》らしいが、目立たない店だな」

市之介が言った。

近所に、菊吉などの名の知れた大きな老舗があるせいか、福寿屋は目立たなかった。二階建てだが、客を入れる座敷はすくないようだ。それでも、戸口にはつつじの植え込みがあり、石灯籠《いしどうろう》、籬《まがき》なども配置されていた。老舗らしい落ち着いた雰囲気がある。

「どうする」

糸川が訊いた。

「店に入って話を聞くわけにはいかないな」

「近所で、様子を訊いてみるか」

「そうだな」

市之介たちは通行人を装って、福寿屋の前を通り過ぎた。

暖簾は出ていたが、ひっそりとしていた。まだ、昼前ということもあり、客はいないのだろう。

市之介たち三人が福寿屋から半町ほど遠ざかると、福寿屋の脇から、男がひとり通りに出てきた。二十代半ばであろうか。面長で、目の細い男だった。細縞の単衣《ひとえ》を裾高に尻《しり》っ端《ぱし》折《よ》りしている。

……あの三人、飲みに来たんじゃァねえな。

男は、市之介たち三人の背に目をむけてつぶやいた。

市之介たちは、何やら話しながら歩いていく。男は、市之介たちの恰好と網代笠で顔を隠しているのが気になった。柳橋の客には見えなかったのだ。

男は、通りをぶらぶら歩きだした。市之介たち三人の跡を尾けてみようと思ったのである。


市之介たちは福寿屋から一町ほど歩き、通り沿いに酒屋があるのを目にとめた。小売り酒屋で、戸口に酒林《さかばやし》がつるしてあった。脇には、水を張った桶が置いてある。徳利を洗うための水である。

店先から覗くと、酒屋のおやじらしい男が、酒樽から徳利に酒をついでいた。脇に酒を買いにきた男が立っている。

茂吉は、客らしい男が酒を入れた徳利をぶら下げて店を出るのを待ってから、

「旦那、あっしが訊いてみやしょう」

と言い残し、店に入った。

市之介と糸川は、店の脇で待っていた。ふたりが茂吉にまかせたのは、武芸者

のような恰好をしていたので、おやじが警戒して話さないだろう、と踏んだからである。

茂吉は親爺と何やら話していたが、いっときすると、店から出てきた。

市之介たち三人は、すぐに酒屋の店先から離れた。そこで、話すわけにはいかなかったのだ。

人通りがすくなくなってきたところで、市之介が歩きながら茂吉に訊いた。

「茂吉、何か知れたか」

「へい、福寿屋のあるじですがね。伊勢造《いせぞう》という名で、五十がらみだそうでさァ」

「老舗のようだが、伊勢造は前から福寿屋をひらいていたのか」

「それが、伊勢造が福寿屋のあるじに収まったのは、五年ほど前のようでさァ。その前は、義兵衛《よしべえ》という男があるじだったそうですぜ」

茂吉が酒屋のあるじから聞いた話によると、義兵衛は親から福寿屋を継いだこともあって、あまり商売熱心ではなかったという。その上、遊び好きで吉原《よしわら》などに出入りし、博奕にも手を出した。それで、借金がかさみ、左前になってしまった。

「その店を、居抜きで買い取ったのが、伊勢造らしい。その後、伊勢造が店を立て直し、いまになっているそうでさァ」

「甚右衛門が、福寿屋に出入りしている様子はないのか」

市之介が、声をあらためて訊いた。

市之介たち三人は、柳橋の通りを西にむかって歩いていた。まだ御徒町の屋敷に帰るのは早いので、瓦町に行ってみるつもりだった。彦次郎たちと会うのはむずかしいが、松本屋と荒木屋を覗いてみようと思ったのだ。

「甚右衛門のことを、匂わせてみたんですがね。親爺は、知らないようでしたよ」

「政吉という若い衆は、店にいるのか」

市之介は政吉がいれば、捕らえて口を割らせる手もあると思った。

「いるようですぜ」

茂吉が目をひからせて言った。

「政吉を泳がせて、甚右衛門と寺久保の居所をつかむか。それとも、捕らえて口を割らせるかだな」

市之介が言った。

「政吉を捕らえれば、甚右衛門たちはすぐに気付くはずだ。おそらく、隠れ家を変えるだろう。しばらく、泳がせてみたらどうだ」

糸川が、市之介に目をむけて言った。

「そうするか」

「あっしが、福寿屋を見張って、政吉の跡を尾けてみやしょうか」

茂吉が言った。

「茂吉ひとりに、任せるわけにはいかないな」

福寿屋の近辺には、甚右衛門たちの目がひかっているはずである。店を見張るだけでも、容易ではない。

「おれも、やろう」

市之介が言うと、おれもやるぞ、と糸川が言い添えた。

「旦那たちと、いっしょじゃァ。気を使っちまうな」

茂吉が照れたような顔をして言った。

三人はそんなやり取りをしながら歩いているうちに、浅草御門の前に出た。右手に折れ、奥州街道を北にむかっていっとき歩くと、松本屋に着いた。

店先に暖簾は出ていたが、以前来たときより商いに活気がないように見えた。

勝右衛門が死んだ後、商売がうまくいってないのかもしれない。

「どうする」

糸川が訊いた。

「せっかく来たのだ。嘉之助に、話を訊いてみるか」

嘉之助は、勝右衛門の跡を継いだ若い主人である。

「そうだな」

市之介と糸川は、茂吉を残して暖簾をくぐった。三人もで、嘉之助に会うのはどうかと思ったのである。茂吉は、近所で聞き込みにあたるだろう。

市之介たちは、番頭の留蔵に帳場の奥の座敷に案内された。以前、市之介たちが嘉之助から話を聞いた座敷である。

嘉之助は、以前会ったときより痩せたようだった。顔付きに、生彩がない。その顔を見ただけでも、商いがうまくいってないことが知れた。

「ちかごろ、得意先のなかで、うちとの取引きをやめる店が出てきまして……」

嘉之助が、困惑したような顔をした。

「荒木屋のせいではないか」

市之介は荒木屋の名を出してみた。

嘉之助は驚いたような顔をして、市之介を見た後、

「荒木屋さんの影響もございますが……」

と、苦渋の顔をして言った。

嘉之助は先代の勝右衛門が、荒木屋の得意先を奪ったこともあって、荒木屋のことをあからさまに悪く言えないのかもしれない。

「うちはうちなりに、地道に商いをつづけていくしかありません」

嘉之助は、静かだが強いひびきのある声で言った。

それから、小半刻（三十分）ほどして、市之介たちは腰を上げた。事件にかかわるような話は出てこなかったのだ。

松本屋の脇で、茂吉が待っていた。

「歩きながら、話を聞くか」

市之介がそう言って、歩きだした。

市之介たち三人は、荒木屋にむかいながら話した。茂吉は近所で聞き込んだが、これといったことは出てこなかったそうだ。ちかごろ、松本屋の商売は、うまくいってないようだ、と近所の者も噂しているという。

三人が話しながら歩いているうちに、瓦町まで来ていた。

「旦那、あれが荒木屋ですぜ」

茂吉が指差した。

土蔵造りで二階建ての店だが、通り沿いには大店《おおだな》が多いので、目立たなかった。中堅どころの店である。それでも、盛っているらしく、印半纏姿《しるしばんてん》の店の奉公人や米屋の旦那らしい男などが、頻繁に出入りしていた。

「繁盛しているようだな」

市之介が路傍に足をとめて言った。

「やはり、松本屋の取引先が、荒木屋にもどったようだ」

「どうする。近所で、聞き込んでみるか」

市之介が訊いた。

「いや、今日のところは帰ろう。……荒木屋を探るにしろ、彦次郎たちから話を聞いてからでいい」

「そうだな」

市之介たちは踵《きびす》を返し、来た道を引き返した。

7

陽は家並のむこうに沈み、西の空は茜色《あかねいろ》の残照に染まっていた。

市之介、糸川、茂吉の三人は、神田川沿いの道を湯島《ゆしま》の方にむかって歩いていた。御徒町に帰るつもりだった。

まだ、暮れ六ツ（午後六時）前で、通り沿いの店はひらいていた。ちらほら人影もあった。早目に仕事を切り上げた職人や供連れの武士などが、行き過ぎていく。

市之介たちは、背後からふたりの男が尾けてくるのに気付いていなかった。ひとりは福寿屋の脇から通りに出てきたとき、市之介たちの姿を目にとめた男である。この男は、政吉だった。

もうひとりは、網代笠をかぶった牢人体の男だった。小袖によれよれの袴、大刀を一本落とし差しにしていた。狩山仙之助である。

政吉は、市之介たちの跡を松本屋の近くまで尾け、すぐに柳橋に引き返して、甚右衛門に知らせたのだ。

「ふたりを、始末してしまえ。……相手が三人なら、猪七も使うがいい」

甚右衛門が、政吉に指示した。

猪七も甚右衛門の子分で、政吉と同じようにふだんは福寿屋で若い衆をしていた。匕首を遣うのが巧みで、殺し屋の手伝いをすることもあった。

政吉は狩山と寺久保に連絡し、猪七もくわえた四人で、市之介たちを討つことにしたのである。

寺久保と猪七は、通りの先に身を隠しているはずだった。寺久保たちが、糸川たちを襲ったときと同じように挟み撃ちにする手をとったのだ。


市之介たち三人は神田川沿いの道を歩き、新シ橋のたもとを過ぎた。前方に、和泉橋が茜色の残照のなかに黒く横たわっているように見えていた。左手には神田川がつづき、岸際の土手に芒《すすき》や葦《あし》が茂っている。

その辺りは、寂しいところだった。右手には表店が並んでいたが、飲み食いする店はほとんどなく、桶屋、古着屋、畳屋などが多かった。空き地や笹藪なども目についた。それでも、行き交うひとの姿はあった。迫りくる夕闇に急《せ》かされるように足早に通り過ぎていく。

「青井、後ろのふたり、おれたちを尾けているのではないか」

糸川が市之介に身を寄せて言った。

「おれも、気付いていた」

市之介も、町人と網代笠をかぶった牢人体の男が、浅草御門の前を過ぎたころからずっと後ろを歩いているのを目にしていた。

「おれたちを襲うつもりではないか」

「だが、ふたりだ」

「この前と同じように、挟み討ちにするつもりかもしれんぞ」

糸川がそう言ったときだった。

「旦那！　あそこの笹藪の陰に、だれかいやす」

茂吉が右手前方を指差しながら、うわずった声を上げた。

見ると、空き地の笹藪の陰に人影があった。まだ、武士なのか町人なのかも分からないが、ふたりいるようだ。

「出てきた！」

茂吉が叫んだ。

笹藪の陰から、ふたりの男が通りに出てきた。ひとりは町人で、もうひとりは大柄な武士だった。

「やつは、寺久保だ！」

　糸川が声を上げた。

「おれたちを、待ち伏せしてたようだ」

　背後の牢人体の男は、狩山かもしれない、と市之介は思った。

「川に逃げるしか手はないぞ」

　糸川が言った。

「まだ、逃げるのは早い。相手の武士は、ふたりだ」

　市之介は、川に飛び込むのは最後の手段だと思った。それに、寺久保たちは、糸川たちが川に飛び込んで逃げているので、川に逃がさないように手を打っているのではあるまいか。

　そのとき、背後のふたりが走りだした。

「旦那、駆けてくる！」

　茂吉が、ひき攣ったような顔で叫んだ。

　見ると、狩山と町人が、岸際を疾走してくる。川に逃がさないように岸際に立つつもりらしい。それに、市之介たちのいる辺りは、岸から急な土手になっていなかった。芒や葦の群生したなだらかな斜面になっている。

……川へ飛び込むことはできない！

と、市之介は踏んだ。

「茂吉、そこに桶屋と石屋があるな」

市之介が、通り沿いにある桶屋と石屋を指差して言った。

桶職人と石工が、それぞれの店先で仕事をしているのが見えた。何人も、若い弟子がいるようだ。

「店に飛び込め！　様子を見て、騒ぎたてるのだ」

市之介は、茂吉は闘いの足手まといになるとみた。それに、いざとなったら騒ぎたてて、市之介たちに味方してくれるかもしれない。

「へい！」

茂吉が、飛び込むような勢いで、桶屋と石屋のある方へ走った。

市之介と糸川は、空き地の笹藪を背にして立った。ふたりは、刀をふるえるだけの間をとっている。

左手からふたり、右手からふたり、四人の男がばらばらと走り寄ってきた。市之介の前に立ったのは、網代笠をかぶった牢人体の男だった。いっしょにきた町人は、素早い動きで左手にまわり込んできた。

一方、糸川の前に立ったのは、大柄な武士だった。寺久保である。もうひとりの町人は、糸川の右手にまわり込んだ。

襲撃者たち四人は、市之介と糸川を半円形に取りかこんで立った。

8

市之介は牢人体の男と、三間半ほどの間合をとって対峙した。

ふたりは、まだ刀を抜いていなかった。市之介は鯉口を切り、右手で柄をつかんで抜刀体勢をとっていたが、牢人体の男は、網代笠をかぶったまま両腕を垂らしている。その姿には覇気がなく、ぬらりと立っているように見えた。

左手にまわり込んだ町人は、匕首を手にしていた。腰をかがめ、匕首を顎の辺りに構え、すこし背を丸めていた。獲物に飛びかかる寸前のような構えである。

「うぬは、狩山仙之助か」

市之介は狩山の名を出した。

牢人体の男は、何も言わずに立っていたが、

「おれは、死人だ」

とぐもった声で言い、笠を取った。名を知られているなら、顔を隠す必要はないと思ったらしい。

狩山は、長い髪を後ろに束ねていた。髭《ひげ》も伸びている。死人のように生気がなく、陰鬱《いんうつ》な顔をしていた。ただ、細い双眸《そうぼう》には、切っ先のように鋭いひかりが宿っていた。死霊のような不気味さがある。

「殺し屋だな」

「いや、おれは辻斬りだ。腕のたつ男が、斬りたくなってな。おぬしたちを斬ることに承知したのだ」

狩山は、ゆっくりした動きで抜刀した。

すかさず、市之介も抜いた。

……長刀だ！

狩山の手にした刀は、三尺ちかかった。糸川から、長刀を遣うと聞いていたが、いざ対峙してみると、思っていたより長く感じられた。

市之介は青眼に構え、剣尖《けんせん》を狩山の目線につけた。腰の据わった隙のない構えである。

狩山はゆっくりとした動きで、刀を上げて上段にとった。両肘を高くとり、切っ先で天空を突くように刀身を垂直に立てている。

……この構えか！

市之介は、上段の構えのことも糸川から聞いていた。この大きな構えから、幹《から》竹《たけ》割《わ》りに斬り下ろしてくるらしい。

狩山の構えた刀身が、西の空の残照を映じて、赤みを帯びてひかっている。牢人の頭頂から天空に疾《はし》る赤い稲妻のようである。

市之介は、狩山の斬撃をまともに受けたら頭を割られるとみた。

……かわすか、受け流すかしかない。

と、市之介は頭のどこかで思った。

市之介と狩山は、対峙したまま動かなかった。お互いが気魄《きはく》で攻め合っている。

そのとき、鋭い気合と刀身のはじき合う音がひびいた。糸川と寺久保が一合《いちごう》したのである。

ふたりの気合で、市之介と狩山をつつんでいた剣の磁場が裂けた。

「いくぞ！」

狩山が、足裏を摺《す》るようにして間合を狭めてきた。

狩山は全身に気勢を込め、痺《しび》れるような剣気をはなっていた。生気のない顔が朱を刷《は》いたように赤みを帯び、細い目が刺すようなひかりを宿している。

市之介は、狩山の大きな構えに、上から覆いかぶさってくるような威圧を感じた。だが、市之介は下がらなかった。気を静め、狩山との間合と斬撃の起こりを読んでいる。

狩山が、ジリジリと間合を狭めてきた。狩山の全身に斬撃の気が高まり、いまにも斬り込んできそうである。

ふいに、狩山の寄り身がとまった。一足一刀の斬撃の間境の一歩手前である。

一瞬、市之介は、狩山の高くとった刀身が上から伸びてくるように感じた。

……くる！

市之介が察知した瞬間、

イヤアッ！

狩山が裂帛《れっぱく》の気合を発し、斬り込んできた。

上段から真っ向へ――。

長刀が刃唸りをたてて市之介の頭を襲う。幹竹割りである。

一瞬、市之介は右手に踏み込みざま、刀身を逆袈裟に跳ね上げた。

真っ向と逆袈裟——。

二筋の閃光《せんこう》がはしり、交差した刹那、シャッ！　という鎬《しのぎ》の擦れる音がし、青火が散ってふたりの刀身が上下に流れた。

……狩山の斬撃を受け流した！

市之介が、頭のどこかで思った。次の瞬間だった。

狩山が刀身を横一文字に払った。

迅《はや》い！　真っ向から横一文字に、一瞬の太刀捌きである。

咄嗟に、市之介は右手に跳んだ。勝手に、体が反応したのだ。

サクッ、と市之介の着物が横に裂けた。かすかに、肌に血が浮いた。だが、かすり傷である。

さらに、市之介は右手に跳んで間合をとってから、狩山に体をむけた。

「よく、かわしたな」

狩山はくぐもった声で言い、ふたたび上段に構えた。

市之介は青眼に構え、切っ先を狩山にむけた。

……恐ろしい剣だ！

市之介は、背筋を冷たい物で撫でられたような気がして身震いした。

狩山は、長刀で真っ向幹竹割りに斬り下ろすだけではなかった。二の太刀を横に払う連続技も遣うのだ。二の太刀は、横に払うだけではないかもしれない。逆袈裟に斬り上げることもできるだろう。

このままでは、太刀打ちできない、と市之介が思ったときだった。

「追剥ぎだ！」という、茂吉の叫び声がひびいた。つづいて、「斬り合ってるぞ！」「大勢だ！」「みんな、出てこい！」などという男たちの叫び声が聞こえた。

通り沿いの桶屋と石屋の店先に、男たちが集まっていた。十人ほど、いるだろうか。茂吉が声をかけて、男たちを集めたらしい。

桶屋と石屋の店先だけではなかった。通りの先にも、通行人が五、六人足をとめ、市之介たちの闘いに目をむけて、騒ぎ立てている。なかに、供連れの武士の姿もあった。

これを見た狩山は後じさり、市之介との間合をとると、

「まるで、見世物ではないか」

と低い声で言い、刀を下ろした。

狩山は、「今日のところは、これまでだ」と、寺久保たちに声をかけてから刀を納めた。

狩山は足早に和泉橋の方へむかった。寺久保とふたりの町人も、狩山の後を追ってその場から去った。

……茂吉のお蔭で、助かった！

市之介は、糸川に目をむけた。

糸川は右袖が裂けていたが、血の色はなかった。抜き身を引っ提げたまま、去っていく寺久保たちに目をやっている。

どうやら、ふたりとも命拾いしたようだ、と市之介は胸の内でつぶやいた。

「旦那ァ！」

茂吉が走ってきた。

第五章　自刃

1

「そろそろ、来るころだな」

市之介が通りの先に目をやって言った。

「これで、三度目ですぜ」

茂吉の顔には、うんざりした色があった。

市之介、糸川、茂吉の三人は、店仕舞いした八百屋の脇に身をひそめていた。

そこは、柳橋の福寿屋のある通りだった。福寿屋からは、二町ほど離れている。

三人は、彦次郎と重田、それに政吉が姿を見せるのを待っていたのだ。

市之介たちは、神田川沿いの道で狩山たちに襲われた後、政吉を捕らえて口を割らせることにした。政吉を尾行して、寺久保や甚右衛門の隠れ家をつきとめるつもりだったが、そうした余裕はなくなった。ふたたび、市之介たちが襲われる恐れが強くなったのだ。

市之介たちは、政吉をおびき出して捕らえる策をたてた。

その策は、こうである。彦次郎と重田が身装《みなり》を変えて福寿屋をいっとき見張ってから、市之介たちのひそんでいる前を通る。政吉が、彦次郎たちに気付けば、跡《あと》を尾けるだろう。そこへ、市之介たちが飛び出して、政吉を捕らえるのだ。

彦次郎たちは、二度、市之介たちのひそんでいる前を通ったが、政吉は跡を尾けてこなかった。

「旦那、来やしたぜ」

茂吉が声を上げた。

見ると、通りの先に彦次郎と重田の姿があった。ふたりは網代笠《あじろがさ》で顔を隠し、小袖にたっつけ袴姿だった。ふだんと身装を変えている。

「後ろから、男が来やす！」

茂吉の声が大きくなった。

彦次郎たちの後方に、町人の姿があった。まだ、遠方で政吉かどうか分からなかったが、着物を裾高に尻《しり》っ端折《ぱしょ》りしているのが見えた。町人は、行き交う人々の陰に身を隠すようにして、彦次郎たちの後から歩いてくる。

町人がしだいに近付いてきた。

「やつが、政吉だ！」

市之介は、町人の姿や顔付きに見覚えがあった。市之介たちを襲ったとき、市之介の左手にまわり込んできた男である。

「まちがいない、おれも見ている」

糸川が言った。

彦次郎と重田は歩きながら、チラッと市之介たちに目をやったが、歩調も変えずに通り過ぎていった。

政吉は、彦次郎たちと半町ほど間をとって跡を尾けてきた。

「おれは、政吉の後ろにまわる」

市之介が小声で言った。

「おれは、前だな」

糸川が、顔をひきしめて言った。

政吉は身をひそめている市之介たちには気付かず、しだいに近付いてきた。糸川と市之介は刀を抜いた。息をひそめて、政吉が間近に来るのを待っている。

糸川は政吉が目の前まで来たとき、

「いまだ!」

と言って、通りに飛び出した。

市之介は、抜き身を引っ提げたまま政吉の背後にまわった。茂吉も、市之介につづいて走り出た。

ギョッ、としたように、政吉はその場につっ立ったが、目の前に飛び出してきた男が糸川と気付くと、反転して逃げようとした。

すかさず、市之介が政吉の前に迫った。峰に返した刀を、脇構えにとっている。

「てめえは!」

政吉が叫び、懐に手を突っ込んだ。匕首《あいくち》を取り出そうとしたらしい。

だが、市之介の動きの方が速かった。踏み込みざま、刀身を横に払った。一瞬の太刀捌《さば》きである。

皮肉を打つにぶい音がし、政吉の上半身が前にかしいだ。市之介の峰打ちが、政吉の腹を強打したのだ。

政吉は身をかしがせたまま、よたよたと前によろめき、左手で腹を押さえてうずくまった。右手は懐につっ込んだままである。

糸川と茂吉が、政吉のそばに走り寄った。そして、通行人から政吉の姿を隠すようにして、すばやく両腕を縛った。そこへ、彦次郎と重田も駆けもどった。

「この男は、巾着きりだ！　連れて行け」

市之介が、近くにいた通行人にも聞こえる声で言った。町方が、掏摸《すり》を捕らえたように見せたのである。

市之介たちは、政吉を取り囲むようにして歩き、人気《ひとけ》のない裏路地や新道をたどって、彦次郎の家まで連れていった。玄六と同じように納屋で訊問《じんもん》するつもりだった。

まだ、七ツ（午後四時）ごろだったが、納屋のなかは薄暗かった。暑熱が籠っている。風が入らないせいもあって、蒸し暑かった。

納屋のなかには、市之介、糸川、彦次郎、それに政吉の姿があった。重田と茂吉は、納屋の戸口の日陰に腰を下ろしていた。納屋のなかは狭く、大勢で入るわけにいかなかったのだ。

「政吉、ここがどこか分かるか」

市之介が切り出した。

「し、知らねえ」

政吉が顔をしかめて言った。

峰打ちで打たれた腹が痛むらしい。それに、市之介たちに取りかこまれている恐怖もあるのだろう。

「おれたちの拷問蔵《せめぐら》だよ。八丁堀の拷問蔵より、恐ろしいぞ」

市之介が政吉を見すえて言った。

「……！」

政吉は息を呑《の》んだ。体がかすかに顫《ふる》えている。

2

「まず、寺久保の居所を話してもらおうか」

市之介が低い声で言った。

「し、知らねえ。おれは、寺久保などという男は知らねえ」

政吉の声は、うわずっていた。

「政吉、白《しら》を切るなら、もうすこしうまくやったらどうだ。寺久保といっしょにおれたちを襲っておきながら、知らないと言って、通るはずはあるまい」

　市之介が呆れたような顔をした。

「……！」

　政吉は、顔をこわばらせたまま口をつぐんだ。

「政吉、玄六を知っているな。……ちかごろ、玄六の姿を見かけなくなったろう」

「やっぱり、おめえたちか！」

　政吉が目を剝いて言った。

「玄六も、ここに連れてきて話を訊《き》いたのだ。当初、口をひらかなかったが、すこし痛め付けると、みんなしゃべったよ。……おまえのことも寺久保のことも、暗闇の旦那のこともな」

　玄六とおよしは、まだ監禁していた。この納戸に閉じ込めてあったが、いまは別の場所に移してある。政吉の自白にもよるが、近いうちに、ふたりの身柄を野宮に渡すことになるだろう。

「ちくしょう！」

　政吉の顔が、ひき攣《つ》ったようにゆがんだ。顔から血の気が引き、体の顫えが激しくなった。

「玄六から、寺久保の塒《ねぐら》を聞いてな、回向院の裏手に行ってみたが、一足遅かった。やつは、借家を出た後だったのだ」

市之介が寺久保の塒のことを口にしたのは、玄六がすべてを吐いているので、隠しても無駄だ、と政吉に知らせるためだった。

「……」

政吉の顔色が変わってきた。政吉は興奮し、顔には挑むような表情があったのだが、急に体の力が抜けたように気負いが消え、諦めと不安の翳《かげ》が顔をおおった。

「玄六は、暗闇の旦那のこともしゃべったよ」

「……！」

まさか、という顔をして、政吉が市之介を見た。

「名は甚右衛門、殺し屋の元締めだ。……ちがうか」

市之介が、静かだが重いひびきのある声で言った。

「政吉、玄六はおまえが殺し屋たちの繋ぎをしていることもしゃべった。……いまさら、隠してもどうにもなるまい」

がっくりと、政吉の肩が落ちた。顔に不安そうな表情が浮き、視線が落ち着きなく揺れている。

「寺久保は、どこにいる」

市之介が声をあらためて訊いた。

「お、親分のところに」

政吉が小声で言った。

「その甚右衛門は、どこにいるのだ」

市之介の声が鋭くなった。

「福寿屋で……」

「甚右衛門が、福寿屋のあるじではあるまい。あるじは、伊勢造のはずだ」

市之介は、伊勢造が甚右衛門とは思えなかった。

甚右衛門は、老齢と聞いていた。伊勢造は、それほどの歳ではない。それに、ふだん包丁人や女中、それに客たちと顔を合わせている伊勢造が、元締めとして依頼人や殺し屋たちと接触するのはむずかしいはずだ。

「伊勢造の旦那は、元締めの子分でさァ」

政吉によると、伊勢造は甚右衛門の右腕のような男だという。

「そういうことか」

甚右衛門は、子分に料理屋をやらせ、そこで殺しの依頼を受けたり、殺し屋と会って指図したりしていたようだ。繫ぎ役の政吉を、若い衆として店に置いたのもそのためであろう。

「それで、甚右衛門はどこにいるのだ」

市之介が、あらためて訊いた。

「福寿屋でさァ」

「福寿屋のどこだ」

あるじとして住んでいるのは、伊勢造である。

「二階の奥の座敷に……」

政吉によると、二階の奥の三間だけは、壁で客の座敷と区切られていて出入りできないようになっているそうだ。客を入れるのは、一間だけだという。その一間も、ふだんはあいていて、甚右衛門が殺しの依頼人や殺し屋と会ったりするときに使われるそうだ。いわば、福寿屋の二階は、甚右衛門の隠れ家であると同時に、殺しのための密談の場所でもあるという。

「甚右衛門は、どうやって出入りしているのだ」

「廊下の隅に、引き戸がありやす。そこから、出入りできるようになっていやす」

　そのことを知っているのは、甚右衛門のほかに伊勢造、寺久保たち殺し人、それに繋ぎ役の政吉ぐらいだという。

「包丁人や女中は、気付くはずだぞ」

　うまく身をひそめていても、店に奉公している者たちが気付かないはずはない。

「元締めは、伊勢造の旦那の父親で、隠居してることになってるんでさァ」

　政吉が言った。

　伊勢造は、うちの親は歳をとって頭が惚《ぼ》けているので、あまり表には出さないようにしている、と奉公人たちに話してあるという。

　伊勢造が福寿屋にあるじとして住むようになってから、甚右衛門のことを奉公人たちに話して二階を改装させたので、いまも不審に思う者はいないそうだ。

「すると、福寿屋を居抜きで買ったのは伊勢造ではなく、甚右衛門か」

　市之介が訊いた。

「伊勢造の旦那は、元締めの指図で動いてるだけでさァ」

「うまく考えたな」

　市之介は、甚右衛門の狡猾《こうかつ》なたくらみが読めた。伊勢造の陰に隠れ、甚右衛門は闇の稼業の元締めとして、殺し屋たちを仕切ってきたのである。

「ところで、寺久保だが、御家人ふうに身を変えたのは、福寿屋に出入りするためか」

寺久保が、無頼牢人の恰好のまま福寿屋に出入りしたのでは人目を引く、それで身装を変えたのではないか、と市之介は気付いた。

「そうでさァ」

「いま、寺久保はどこにいる」

市之介が声をあらためて訊いた。

「福寿屋におりやす」

寺久保は、福寿屋の甚右衛門のそばに身をひそめているという。甚右衛門は、市之介たちの探索が自分にむけられているのを知り、寺久保に身を隠させるとともに用心棒もかねて、そばに置いているそうだ。

そのとき、市之介と政吉のやりとりを聞いていた糸川が、

「おれたちを襲った四人のなかに、もうひとり町人がいたな」

と、政吉に訊いた。

「猪七でさァ」

「猪七はどこにいる」

糸川が語気を強くして訊いた。

「やつも、福寿屋におりやす」

政吉によると、猪七は政吉と同じ繋ぎ役だが、匕首を遣うのが巧《うま》いので、殺しをやることもあるという。

糸川が口をつぐむと、彦次郎が政吉の前に出て、

「政吉、茅町の松本屋を知っているな」

と、訊いた。いつになく、鋭い目をしている。

「へい……」

「松本屋のあるじの勝右衛門を手にかけたのは、寺久保ではないか」

政吉は、驚いたような顔をして彦次郎を見たが、

「そうでさァ」

と言って、視線を彦次郎からそらせた。

「殺しを依頼したのは、荒木屋の倅《せがれ》の源造か」

「へい、あっしが繋ぎやした」

政吉が小声で言った。

「やはりそうか」

彦次郎は、政吉の前から身を引いた。

市之介が彦次郎に替わって、

「狩山仙之助は、殺し屋ではないのか」

と、訊いた。

「狩山の旦那は殺し屋じゃァねえが、気がむいたときだけ、手を貸してくれるんでさァ」

「それで、狩山の塒は？」

「いまも、いるかどうか分からねえが、回向院の裏手かもしれねえ」

「寺久保が住んでいた借家か」

市之介が驚いたような顔をして訊いた。

「へい……。狩山の旦那は、借家があいているなら、おれが住む、と言ってやした。旦那方が探った後なら、なお、都合がいい、とも口にしてやしたが」

「そういうことか。いい隠れ家だ。まさか、寺久保の出た後に、狩山が入るとは思いもしないからな」

市之介は、狩山は借家にいる、と確信した。

「狩山は独り暮らしか」

市之介が念を押すように訊いた。

「へい……。女房といっしょに暮らしてたが、死んだそうでさァ。……狩山の旦那は幽霊みてえで、何を考えてるか、あっしらには分からねえ」

そう言って、政吉は身震いした。

3

市之介たちは、すぐに動いた。甚右衛門は、政吉がいなくなったことにすぐに気付く。日を置けば、甚右衛門も寺久保も姿を消すとみたのだ。

政吉を訊問した翌朝、市之介と糸川はまだ暗いうちに八丁堀に出かけ、定廻《じょうまわ》り同心の野宮清一郎に会った。

ちょうど、北町奉行所に出仕するために、組屋敷を出ようとしていた野宮は、

「歩きながら話すか」

と言って、八丁堀の通りに出た。

野宮はそのまま北町奉行所に出仕するつもりらしく、手先をふたり連れていた。

ひとりは挟み箱をかついでいる。

野宮はふたりの手先に、先に行くように指示した。話によっては、手先たちの耳に入れたくないと思ったようだ。

「殺された伝造の件だ。……伝造を殺したのは、寺久保たちらしい」

市之介がそう切り出し、寺久保が殺し屋であることを話した。

「やはりそうか。おれも、寺久保は、金ずくで殺しを引き受けているのではないかとみていたのだ」

野宮が顔をけわしくして言った。

糸川が市之介に替わって、

「それで、殺し屋の玄六と繋ぎ役の政吉を捕らえて、訊問をしたのだ」

そう言い、暗闇の旦那と呼ばれる甚右衛門が、殺し屋の元締めであり、柳橋の福寿屋に身をひそめていることなどを話した。

「よく、つきとめたな」

野宮が驚いたような顔をした。

「なに、おれたちは寺久保たちに二度も襲われているからな。それで、襲った者たちの居所が知れたのだ」

「おぬしたちが襲われたことは、おれも聞いている」

「捕らえた玄六と政吉が吐いたので分かったのだが、松本屋のあるじの勝右衛門を殺《や》ったのも、寺久保たちらしい」

さらに、糸川が言った。

「辻斬りではないのか」

野宮が足をとめて訊いた。

「荒木屋のあるじの源造が、元締めの甚右衛門に会って殺しを頼んだようだ」

「そうだったのか」

野宮が、ゆっくりと歩きだした。

「野宮どの、どうする」

糸川が歩きながら訊いた。

此度《こたび》の事件の下手人は、寺久保と狩山を除けば、すべて町人だった。寺久保と狩山も家は御家人だが、すでに家を出て牢人暮らしをしているので、牢人とみていい。となれば、事件の下手人たちは、町奉行所の支配下にある者たちだった。

殺されたふたりが御小人目付《おこびとめつけ》だったため、糸川や市之介たちがかかわったが、下手人の捕縛や吟味は、町奉行所があたるべきである。

「おれたちに、やらせてくれるか」

 野宮が、糸川と市之介に目をむけて言った。

「そうしてもらえれば、こちらもありがたい。おれたちが捕らえても、下手人は野宮どのたちに引き渡すことになるのだからな」

糸川が言った。

「野宮どの、すぐにも甚右衛門たちを捕らえないと逃げられるぞ。……政吉は福寿屋の若い衆をやっているので、甚右衛門は政吉が捕らえられたことに気付くはずだ」

市之介が言い添えた。

「分かった。すぐに手を打とう」

野宮は、今日中にも捕方の手配をしたい、と言った。

「おれたちにも、手伝わせてくれんか。寺久保と狩山には、二度も襲われ、おれも糸川も痛い目に遭っているのだ」

市之介は、寺久保と狩山は自分の手で斬りたい、と思った。ただ、狩山は福寿屋にはいないかもしれない。

「おれも行く」

糸川が言った。

「そうしてもらえると、ありがたい」

野宮も、寺久保や狩山は遣い手であることを知っていた。捕縛の際には、捕方から大勢の犠牲者が出るだろう。野宮にしても、市之介や糸川が、寺久保や狩山を討ち取ってくれればありがたいのである。

「それで、いつ、踏み込む」

市之介が訊いた。

「今日中に手筈をととのえ、明日ということになるな」

「福寿屋は料理屋だ。昼を過ぎれば、客がいるだろうな。それに、福寿屋は柳橋でも賑やかな通りにある。……午後になれば、騒ぎが大きくなるぞ」

下手をすれば、騒ぎにまぎれて、甚右衛門や寺久保を取り逃がすかもしれない。

「すると、朝方か」

野宮が言った。

「できれば、朝がいいな」

「分かった。何とか、明日の朝、踏み込めるよう手を打とう」

野宮が顔をひきしめて言った。

「それから、捕らえてある玄六と政吉を引き取ってくれんか。むろん、甚右衛門や寺久保たちを捕らえてからでいい」

市之介が言った。

「そのつもりだ」

野宮がうなずいた。

市之介と糸川は、そこまで話すと足をとめた。すでに、市之介たちは日本橋通りの近くまで来ていた。

市之介と糸川は路傍に足をとめると、

「野宮どの、明朝、おれたちは柳橋のたもとで待っている」

と、糸川が言った。

市之介たちは日本橋を渡って、御徒町まで帰るつもりだった。

「承知した」

野宮はちいさくうなずき、呉服橋《ごふくばし》にむかって歩きだした。北町奉行所は、呉服橋を渡った先にある。

「いよいよ明日だな」

歩きながら、市之介が言った。

「寺久保は、おれにやらせてくれ」

糸川が顔をけわしくして言った。糸川は寺久保と神田川沿いの道で闘っているので、決着をつけたいらしい。

「かまわんが、様子を見て、おれも手を出すぞ」

市之介も、寺久保が尋常な遣い手でないことを知っていた。

4

市之介は茂吉とふたりで、暗いうちに御徒町の屋敷を出た。武家屋敷のつづく通りは、人影もなくひっそりと寝静まっている。

上空は満天の星だが、東の空は淡い曙色《あけぼのいろ》に染まっていた。払暁《ふつぎょう》はちかいようだ。

「旦那、福寿屋に押し込むんですかい」

茂吉が目をひからせて訊いた。

「踏み込むのは、町方だ。おれたちは様子を見て、寺久保たちを討つ」

市之介も糸川も、甚右衛門や伊勢造などの捕縛は野宮にまかせるつもりでいた。

「大捕物になりやすね」

茂吉が昂《たかぶ》った声で言った。

「そうだな」

大捕物になるのは、まちがいない。甚右衛門も伊勢造も神妙に縄を受けるとは思えなかった。捕方に抵抗するはずである。

ふたりで話しながら歩いているうちに、神田川沿いの通りに出た。しばらく東にむかって歩くと、新シ橋が見えてきた。東の空が、いくぶん明るくなり、通り沿いの家々や岸際に植えられた柳などが、はっきりと見えるようになってきた。上空の星の瞬きも、ひかりを失って弱々しくなっている。

「旦那、糸川さまたちですぜ」

茂吉が前方を指差した。

新シ橋のたもとに、糸川、彦次郎、重田の姿があった。そこで、待ち合わせることになっていたのだ。

「待たせたか」

市之介は糸川たちに歩を寄せて訊いた。

「いや、おれたちも来たばかりだ」

糸川が、そろそろ行くか、とその場にいた男たちに声をかけて東にむかった。

市之介たちは、浅草御門の前を通り過ぎ、さらに神田川沿いの道をたどって柳橋のたもとに着いた。

まだ、野宮たちの姿はなかった。橋のたもとで待っていたのは、町方の手先と思われる男たちである。七人いた。柳橋界隈に住む岡っ引きや下っ引きたちには、ここで待っているよう、野宮から指示があったのだろう。

東の空は、だいぶ明るくなってきた。陽の色がひろがり、上空が青さを増してきている。大川の川面を刻む波の起伏が、はっきり見えるようになってきた。

「来やした！」

橋の近くにいた岡っ引きらしい男が声を上げた。

見ると、男たちが柳橋を渡ってくる。先頭にいるのは野宮と竹林忠之助《たけばやしただのすけ》という定廻り同心だった。野宮が声をかけて、捕物にくわわることになったのだろう。

市之介は、竹林も事件現場で見たことはあったが、話したことはなかった。

ふたりとも、捕物出役装束ではなかった。ふだん町を巡視しているときと同じ、小袖を着流し、羽織の裾を帯に挟む巻羽織と呼ばれる恰好をしていた。

これだけ大きな捕物となると、奉行に上申し、与力の出役を仰ぐことになるが、そんなことをしていたら今日の捕物には間に合わない。野宮は巡視の先で下手人を目にし、やむなく手先たちを集めて捕らえたことにするつもりなのだろう。それで、ふだんの巡視の恰好をしているにちがいない。

捕方たちは、二十数人だった。橋のたもとで待っていた者をくわえると三十人ほどになるだろう。

捕方たちも、捕物装束ではなかった。岡っ引きや下っ引きのほかに、小者や中《ちゅう》間《げん》などもいるが、多くはふだん町筋を歩いている恰好にちかかった。それでも、小袖を裾高に尻っ端折りし、股引《ももひき》に手甲脚半《てっこうきゃはん》、草鞋《わらじ》掛けで、それなりの身支度をととのえている。

「糸川どの、青井どの、手間を取らせるな」

野宮が、市之介たちに声をかけた。

「なに、おれたちも、目付筋の者がふたり殺られているからな。甚右衛門たちを、このままにしてはおけないのだ」

糸川が言うと、そばにいた彦次郎と重田がうなずいた。

「行くか」

市之介が、こっちだ、と言って茂吉とふたりで先に立った。

柳橋の道筋は、まだ淡い夜陰につつまれていた。夜中まで人通りの絶えない道筋も、いまは人影もなくひっそりと静まっている。

市之介たちが、福寿屋の近くまで行くと、ふたりの男が走り寄ってきた。野宮の手先らしい。おそらく、昨日のうちに、野宮が柳橋の近くに住む岡っ引きに会い、先に行って福寿屋を見張っているよう指示したのだろう。

ふたりは野宮のそばに走り寄り、

「変わりありません」

と、報告した。

「裏手は？」

野宮が訊いた。

「背戸がありやすが、しまっています」

「権七《ごんしち》、念のため、裏手にまわってくれ」

野宮が年配の岡っ引きに言った。

「承知しやした」

すぐに、権七が捕方を七、八人連れ、報告にきたひとりに先導にさせて、その場を離れた。

野宮と竹林は、捕方たちに福寿屋に踏み込む手筈を話してあったようだ。

「行くぞ」

野宮が残っている捕方たちに声をかけた。

市之介たちは、野宮の脇についた。ここから先の指揮は、野宮にまかせることになる。

福寿屋の戸口はしまっていた。二階建ての店は淡い暁闇《ぎょうあん》につつまれ、ひっそりと寝静まっている。

「戸をあけろ」

野宮が捕方に指示した。

すぐに、捕方のひとりが格子戸を引いた。だが、格子戸はあかなかった。戸締まりがしてあるらしい。

「ぶち破れ」

野宮が言うと、ふたりの捕方が格子戸の前に出た。ひとりが、鉈《なた》を手にしている。こうしたことも想定し、野宮が持たせたのであろう。

捕方が鉈をふるった。バキッ、という大きな音がし、格子が砕けた。脇にいたもうひとりが、破れた格子の間から手をつっ込んで心張《しんば》り棒《ぼう》をはずすと、格子戸はすぐにあいた。

「踏み込め！」

野宮が捕方たちに声をかけた。

野宮が先頭にたち、市之介たちがつづき、後ろから捕方たちが次々に踏み込んだ。なかは薄暗かった。まだ、静寂につつまれている。

土間につづいて板間があり、正面に奥につづく廊下があった。右手に二階へ上がる階段があり、左手奥が帳場になっている。

一階の奥で、物音と人声が聞こえた。伊勢造や奉公人の住む部屋があるらしい。戸口の物音で、目を覚ましたようだ。

「二手に分かれろ」

野宮の指示で、すぐに捕方は二手に分かれた。

「おれに、つづけ！」

竹林が、十数人の捕方を連れて奥につづく廊下へ踏み込んだ。伊勢造や若い衆を捕らえるのだろう。重田は竹林の脇について奥へむかった。重田は腕がたつので、刃物を手にして歯向かってくる者に対処できるだろう。

「おれたちは、二階だ」

野宮が先にたって、右手の廊下にむかった。市之介、糸川、彦次郎が後につき、捕方たちがつづいた。茂吉は、市之介の脇についている。連絡役をすることになっていたのだ。

廊下は薄暗かった。左手に、障子がたててあった。そこは座敷らしい。廊下の突き当たりは板壁になっていた。その手前に、左手に入れる廊下がある。

廊下沿いの座敷はひっそりと静まり、ひとのいる気配はなかった。

「こっちだ」

市之介が野宮と並んで前に進んだ。

突き当たりの板壁の前で、市之介たちは廊下を左手におれた。そこは薄暗い廊下で、右手は板壁、左手は座敷の襖になっていた。

「あそこに、引き戸がある」

市之介が板壁の先を指した。

5

引き戸があった。そこが、甚右衛門たちがひそんでいる二階の部屋の出入り口らしい。引き戸のむこうで、物音と男の声がかすかに聞こえた。甚右衛門たちではあるまいか。

「あけるぞ」

市之介が声をかけ、引き戸をあけた。

引き戸のむこう側も、短い廊下になっていた。その先に障子がたててある。座敷になっているようだ。

市之介と野宮が引き戸から廊下に踏み込み、糸川と彦次郎、それに捕方たちがつづいた。どかどかと廊下を踏む音が、ひびいた。捕方たちは、いずれも十手《じって》を手にしている。

「踏み込んできたぞ!」

叫び声が、障子の向こうで聞こえた。

市之介が、障子をあけはなった。薄暗い座敷に、ふたりの男がいた。寺久保と猪七である。ふたりは寝間着姿だった。

そこは居間らしく、長火鉢が置いてあり、その背後には神棚がしつらえてあった。ふたりは、寝間から物音を聞き付けて、この部屋へ来たらしい。

「町方か!」

寺久保が叫んだ。驚いたような顔をしている。町方が、ここまで踏み込んでくるとは思わなかったのであろう。

「皆殺しにしてくれる！」

叫びざま、寺久保が刀を抜き放った。

御用！

御用！

捕方たちが、十手をむけて声を上げた。

すると、寺久保の脇にいた猪七が、

「元締め、逃げてくれ！」

と叫んで、座敷の奥の襖をあけた。

そこは、寝間になっているらしかった。薄暗い部屋のなかに、人影があった。やはり、寝間着姿である。

猪七は襖の先の座敷に飛び込んだ。

これを見た野宮が、

「甚右衛門は、奥だ！」

と叫び、立っている寺久保の脇を通って奥の座敷にむかった。捕方たちがいっせいに野宮につづいた。彦次郎も、捕方といっしょに奥にむかった。

寺久保は背後に目をやり、逡巡するような顔をした。甚右衛門のそばにもどろうとしたのかもしれない。

「寺久保、おれが相手だ」

糸川が寺久保の前に立ち塞がった。すでに抜刀し、抜き身を引っ提げている。

「おのれ！」

寺久保も刀を抜いた。

糸川と寺久保の間合は、およそ二間──。立ち合い間合としては近い。座敷は狭く、ひろく間合がとれないのだ。

市之介も抜刀したが、座敷の隅に身を引いていた。ここは糸川にまかせ、危ういとみたら踏み込むつもりだった。

糸川は青眼に構えた。対する寺久保は、低い八相にとった。刀身を寝かせ、腰を沈めている。鴨居や襖に斬りつけないように、ちいさく構えているのだ。

糸川と寺久保は、対峙したまま動かなかった。狭いために、動いたり構えを変えたりして牽制できないのだ。

ふたりは全身に気勢を込め、斬撃の気配をみせていた。気攻《きぜ》めである。ふたりは狭い座敷に対峙したまま、気魄《きはく》で攻め合っている。

そのとき、襖の奥で、体のぶつかり合うような音につづいて、ギャッ！　という叫び声が聞こえた。捕方か、猪七の叫び声らしい。

その声で、糸川と寺久保をつつんでいた剣の磁場が劈《つんざ》けた。

ふいに、寺久保が動いた。畳を這うように趾《あしゆび》を動かし、ジリジリと間合を狭めてくる。

糸川も動いた。寺久保と同じように趾を動かし、寺久保との間合をつめていく。

お互いが相手を引き寄せるように間合が狭まり、一足一刀の斬撃の間境に踏み込んだ。

刹那、ふたりの全身に斬撃の気がはしった。

イヤアッ！

タアッ！

ほぼ同時に、ふたりの裂帛《れっぱく》の気合がひびき、体が躍った。

次の瞬間、二筋の閃光《せんこう》がはしった。

寺久保は八相から袈裟へ。

糸川も振り上げざま袈裟へ。

袈裟と袈裟――。ふたりの刀身が眼前で合致し、動きがとまった。鍔迫《つばぜ》り合《あ》いである。

だが、ふたりの動きがとまったのは、ほんの数瞬だった。

グイ、と糸川は刀身を押して後ろへ跳びざま、斬り込んだ。突き込むように、寺久保の右籠手《こて》へ。一瞬の太刀捌きである。

次の瞬間、寺久保も身を引きざま、刀身を横に払った。

サクッ、と寺久保の右の前腕が裂けた。一方、寺久保の切っ先は、糸川の袖をかすめて空を切った。糸川の斬撃が、一瞬迅《はや》かったのである。

ふたりは、ふたたび青眼と八相に構えて対峙した。

高くとった寺久保の右腕から流れ出た血が、右肩に落ち、寝間着を赤く染めていく。

「お、おのれ！」

寺久保の顔が、憤怒にゆがんだ。

八相に構えた刀身が、ビクビクと震えている。腕を斬られたことで、気が昂り、体に力が入っているのだ。

寺久保の構えが硬くなり、気魄が薄れていた。激情のために、冷静さを失っている。

……勝てる！

と、糸川は踏んだ。

「いくぞ！」

糸川が先《せん》をとった。

趾を這うように動かし、ジリジリと間合を狭め始めた。

対する寺久保は、動かなかった。威嚇するように、獣の唸り声のような気合を発している。

糸川が斬撃の間境に踏み込むや否や、寺久保の全身に斬撃の気がはしった。気攻めも牽制もなかった。追い詰められ、捨て身の攻撃に出たのだ。

タアリヤッ！

甲走《かんばし》った気合を発し、寺久保が斬り込んできた。

八相から袈裟へ――。

だが、鋭さも迅さもなかった。

一瞬、糸川は右手に踏み込みざま、刀身を横に払った。

寺久保の切っ先が、糸川の肩先をかすめて空を切り、糸川のそれは寺久保の腹を深くえぐった。

グワッ！　という呻《うめ》き声を上げ、寺久保はその場につっ立った。横に裂けた腹から臓腑が覗き、血が流れ出た。

寺久保は刀を取り落とし、両手で腹を押さえてへたり込んだ。

糸川は寺久保の脇に身を寄せると、

「とどめだ！」

と声を上げ、刀身を袈裟に一閃《いっせん》させた。

寺久保の頭が前にかしぎ、首筋から血飛沫《ちしぶき》が飛び散った。血が障子に当たってバラバラと音をたて、赤い花弁を散らすように染めていく。

血は畳にも落ち、首を前に垂らしてへたり込んだ寺久保の周囲を赤くつつんだ。

寺久保は、動かなかった。絶命したようである。

市之介は糸川に身を寄せ、

「見事だ」

と、声をかけた。

「何とか、討てたな」

糸川のけわしい顔が、ふだんのおだやかな表情にもどっている。

市之介が隣の部屋の襖をあけた。

捕物は、まだ終わっていなかった。座敷の隅に、男が立っていた。老齢である。鬢《びん》や髷《まげ》は白髪で、腰がまがっている。

甚右衛門らしい。威嚇するように目をつり上げ、手にした匕首を振り上げていたが、ひどい姿だった。元結《もとゆい》が切れて、ざんばら髪になっていた。寝間着の両襟がひらいて、胸や腹があらわになっている。

十人ほどの捕方が甚右衛門を取りかこみ、十手をむけて、御用！　御用！　と声を上げている。

猪七は、廊下の近くにうずくまっていた。顔が血塗《ちまみ》れだった。捕方の十手で殴られ、皮膚が裂けたのかもしれない。

三人の捕方が、猪七の体を押さえつけていた。猪七の背後にまわったひとりが、両腕をとって早縄をかけようとしている。

「甚右衛門、神妙にしろ！」

6

野宮が叫んだ。

甚右衛門は何も応えず、目をつり上げ、歯を剝き出して低い唸り声を上げた。

「観念しろ！」

糸川が甚右衛門を見すえながら言った。返り血を浴びた顔が、赤く染まっている。鬼のような顔である。

「寺久保は、斬ったぞ。残るのは、おまえひとりだ」

「ちくしょう！」

叫びざま、甚右衛門は、手にした匕首を高く振り上げ、

「おれは、闇のなかで生きてきた男だ。おれの顔は、だれにも見せねえ」

叫びざま、いきなり己の顔を匕首で縦に引き裂いた。

甚右衛門の顔から血が噴いた。次の瞬間、甚右衛門は匕首で己の首を横に掻き斬った。

顔と首から血が激しく飛び散り、甚右衛門の顔と体が真っ赤になった。

甚右衛門は血を撒きながらつっ立っていたが、体が大きく揺れ、腰から沈むように転倒した。

畳に仰向けに倒れた甚右衛門の顔と首から血が流れ出、顔と体を赤い布でつつ

 こともしないで、狩山の初太刀をかわしたのである。

……見切った！

市之介は頭のどこかで叫び、さらに一歩身を引きながら、刀身をするどく横に払った。一瞬の太刀捌きである。

すかさず、狩山も二の太刀をはなった。真っ向に斬り下げた刀身を返し、横一文字に払ったのだ。

ザクッ、と狩山の右袖が横に裂けた。一瞬、遅れて市之介の右の袂《たもと》が裂けて垂れ下がった。

次の瞬間、ふたりは大きく後ろに跳んで間合をとった。

狩山の右の二の腕があらわになり、血の色があった。一方、市之介は袂を裂かれただけである。

わずかに、市之介の斬撃の方が迅かった。一瞬遅れた狩山は、市之介の横に払った刀身の後を追うような斬撃になった。そのため、市之介は狩山の右腕をとらえ、狩山は市之介の袂しか斬れなかったのだ。

ふたりは、ふたたび八相と上段に構えをとった。

狩山の高く構えた長い刀身が、小刻みに震えている。垂直に立った刀身は空に伸びる稲妻のようではなく、ぼんやりとした銀色に見えた。狩山の右腕は血に染まり、赤い筋を引いて流れ落ちている。

狩山の顔が、豹変していた。死人のような顔がゆがみ、怨霊《おんりょう》のように見えた。

市之介は、狩山の心の内にあったものが、いまその姿をあらわしたような気がした。

……怨霊を斬った！

市之介は、胸の内で声を上げた。

「勝負は、これからだ！」

狩山が声をふるわせて言った。

「おお！」

市之介は八相の構え、全身に気勢を込めた。

狩山はすぐに動いた。斬撃の気を漲《みなぎ》らせ、威嚇するように長い刀身をさらに高くとって間合をつめてくる。

寄り身が、速かった。狩山の足元で、ズッ、ズッ、と地面を摺る音がした。狩山は摺り足で間合をせばめてくる。一気に、勝負を決しようとしているのだ。

市之介は動かなかった。八相に構えたまま気を静めて、狩山との間合と斬撃の起こりを読んでいる。

狩山が斬撃の間境に迫ってきた。痺《しび》れるような剣気をはなち、全身に斬撃の気を漲らせている。

ふいに、狩山の寄り身がとまった。一足一刀の斬撃の間境の一歩手前である。

……この間合からくる！

と察知した市之介は、わずかに後ろ足を引き、体重を後ろ足に移した。前足を引くだけで、身を引くことができる。

イヤアッ！

突如、狩山が裂帛の気合を発した。

狩山の体が膨れ上がったように見えた瞬間、体が躍った。

一歩踏み込みざま、上段から真っ向へ――。長刀が刃唸りをたてて、市之介の頭を襲う。

一瞬、市之介は前足を引いた。

次の瞬間、長刀の切っ先が市之介の鼻先をかすめて空を切った。

市之介は、狩山の太刀筋が見えていた。身を引いて狩山の切っ先をかわした市之介は、すかさず八相から斬り下ろした。

稲妻のような閃光が袈裟にはしった。

一瞬の斬撃である。狩山に、二の太刀をふるう間を与えなかった。市之介の切っ先が、真っ向へ斬り下ろした狩山の左肩をとらえた。

狩山の小袖が左肩から胸にかけて裂け、血が飛び散った。狩山は血を撒きながら前によろめいた。

狩山は足をとめると、振り返り、ふたたび上段に構えようとしたが、刀が上がらなかった。左腕が動かないらしい。

狩山は血を撒きながらつっ立っていた。血が肩と胸から迸《ほとばし》るように噴出し、上半身を真っ赤に染めた。

ウウウッ！

狩山が獣の咆哮《ほうこう》とも慟哭《どうこく》ともつかぬ声を上げたとき、狩山の体が大きく揺れ、腰からくずれるように転倒した。

狩山は地面に俯《うつぶ》せに横たわった。四肢がビクビクと動いていたが、頭を擡《もた》げようともしなかった。肩や胸からの出血が、狩山の体をつつむように赤くひろがっていく。

いっときすると、狩山は動かなくなった。死んだようである。

市之介は狩山の脇に立ち、

……終わった。

と、胸の内でつぶやいた。

そこへ、糸川、彦次郎、茂吉の三人が駆け寄ってきた。

糸川が伏臥《ふくが》している狩山に目をやり、

「青井、みごとだったな」

と、声をかけた。

彦次郎と茂吉は驚嘆と安堵《あんど》の入り交じったような顔をし、狩山の死体に目をむけている。

「どうする。狩山の死体は、このまま放置はできないぞ」

糸川が言った。

「家まで、運んでやろう」

そこは路地だった。通行人の邪魔になるし、狩山が好奇の目に晒《さら》されるのも、哀れである。

市之介たち四人は狩山の手足を持って、家のなかへ運び入れた。

奥の座敷にちいさな木箱があり、その上に位牌が置いてあった。

「妻女《さいじょ》の位牌らしいな」

糸川が位牌に目をやって言った。

「狩山を、位牌の脇に置いてやろう」

市之介たちは、狩山の死体を木箱の脇に運び、後ろの粗壁に背をもたれかけさせ、上半身だけ起こしてやった。そして、長く伸びた総髪を肩の後ろにまわして顔を出し、うすくひらいた両眼を閉じてやった。

その顔は紙のように蒼ざめていたが、眠っているようなおだやかな表情をしていた。

「狩山が武士だけを狙ったのは、闘いのなかで死にたかったからかもしれんな」

市之介がつぶやくような声で言った。

4

市之介は、縁側で庭木に目をやっていた。微風《そよかぜ》のなかに、秋の訪れを感じさせる涼気がある。

……今日あたり、浜富にでも行ってみるかな。

市之介が胸の内でつぶやいた。

狩山を討って、半月ほど過ぎていた。市之介はやることもなく、暇を持て余していたのだ。

そのとき、廊下をせわしそうに歩く足音がした。佳乃らしい。すぐに、障子があき、佳乃が縁側に面した座敷に入ってきた。

「兄上、お見えです」

佳乃が昂《たかぶ》った声で言った。

「だれが、来たのだ」

「佐々野さまと糸川さまです」

「何の用かな」

ふたりが、市之介の家に来る予定はなかった。

「何のご用か存じませんが、お上がりになっていただきましょう」

佳乃が口早に言った。

「そうだな。ここに通してくれ」

どうせ、やることはなく暇だった。

市之介が座敷にもどっていっとき待つと、佳乃が糸川と彦次郎を案内して座敷に入ってきた。

「佳乃、母上に話してな。……茶を頼む」

「はい、すぐに」

いつになく、佳乃は機嫌のいい声で返事し、チラッと彦次郎に目をやってから座敷を出ていった。

市之介は糸川と彦次郎が座るのを待ってから、

「何かあったのか」

と、訊いた。

「いや、大草さまからお言葉があったのでな。青井にも話しておこうと思って来たのだ」

「話してくれ」

「大草さまは、たいそう喜ばれていたよ。間中と滝村の無念もはたせたし、町奉行所の顔を立てることもできたからな」

糸川は、事件の経緯と目付としてとった処置をひととおり大草に話したという。

「それで、大草さまに、ごくろうだった、と青井にも伝えてくれ、と言われ、こうして彦次郎とふたりで来たのだ」

「そうか」

市之介は、大草としても顔が立ったのだろう、と思った。

「他にも、青井の耳に入れておくことがあるのだ」

糸川が声をあらためて言った。

「何だ」

「荒木屋の件だが……。彦次郎から話してもらうか。彦次郎は重田とふたりで探っていたから、おれより詳しいだろう」

糸川が彦次郎に目をやって言った。

「一昨日、糸川さまとふたりで、北町奉行所《きた》の野宮どのと会ったのです」

彦次郎によると、野宮の巡視の道筋で偶然顔を合わせ、近くのそば屋に立ち寄ってその後のことを聞いたという。

「それで、荒木屋の件はどうなったのだ」

市之介は話の先をうながした。

「伊勢造が、荒木屋の源造に松本屋の勝右衛門殺しを持ちかけられたことや、寺久保が辻斬りにみせかけて勝右衛門を殺したことなどを白状しました」

当初、伊勢造は町奉行所の吟味のおり、殺し屋のことなど知らないと言い張っていたそうだ。ところが、先にとらえられた玄六と政吉がすべて自白していることを知ると、観念して話すようになったという。

「やはりそうか」

「源造は福寿屋で甚右衛門に会い、殺しを依頼したそうです」

「源造は、よく甚右衛門のことを知っていたな」

「そのことですが、源造は前から福寿屋を贔屓《ひいき》にしていて、伊勢造とも話すことがあったそうです。源造が福寿屋で飲んだとき、勝右衛門に対する恨みを口にすると、伊勢造が、いっそのこと始末してしまったらどうです、と言って甚右衛門とつないだそうです」

「そういうことか。……ちなみに、殺し料として源造はいくら払ったのだ」

市之介が訊いた。

「三百両だそうです。……伊勢造が、元締めの甚右衛門と寺久保とで、百五十両ずつ分けたらしい、と言っていました。つなぎ役の猪七や政吉には、甚右衛門の取り分のなかから相応の金が渡されたそうです」

「御家人の宮下恭之助が殺された件は」

宮下は、大川端を歩いているとき、何者かに斬殺されたのだ。

「その件は、甚右衛門たちではないようです。おそらく、狩山に斬られたのではないかと……」

彦次郎は語尾を濁した。はっきりしないからだろう。

「狩山だろうな。辻斬りとして、宮下を狙ったにちがいない」

甚右衛門たちでなければ、狩山ということになるだろう。それに、御小納戸衆《おこなんどしゅう》の宮下が殺し屋に狙われるとは思えないので、狩山の手にかかったとみていい。

「料理屋の瀬川屋のあるじ、清蔵が殺された件は」

さらに、市之介が訊いた。

「清蔵殺しは、甚右衛門たちの仕業らしい」

彦次郎に代わって、糸川が言った。

糸川によると、野宮たちは、清蔵殺しの依頼人もつかんでいるそうだ。捕らえた伊勢造たちを吟味して分かったのだろう。

「だれが、清蔵殺しを頼んだのだ」

市之介が訊いた。

「瀬川屋の近くにある料理屋のあるじらしい。……荒木屋と同じように贔屓の客を奪われたことで、清蔵を恨み、甚右衛門にひそかに頼んだようだ」

「そうか。……おそらく、勝右衛門や清蔵の他にも、殺し屋の手にかかった者は大勢いるのだろうな。辻斬りに襲われたとみせたり、死体を大川などに流して分からなくしたりして、町方の手から逃れていたにちがいない」

「おれも、そうみている」

糸川が言った。

「ところで、荒木屋の源造はどうなったのだ」

「三日前に、捕らえられました」

彦次郎によると、野宮が捕方を連れて荒木屋に踏み込み、源造を捕縛したという。

「いま、源造は大番屋にいるのだな」

「はい、北町奉行所の手で吟味されているようです」

「それで、荒木屋は」

あるじの源造が、町方に捕らえられてしまっては、店をひらけないのではあるまいか。

「店はとじたままです」

「やはりそうか」

荒木屋の得意先は、また松本屋にもどるのではないか、と市之介は思った。

「いずれにしろ、これで始末がついた」

糸川がほっとしたような顔をして言った。

「そうだな」

市之介も、これで片がついた、と思った。

そのとき、おりよく廊下を歩くふたりの足音が聞こえた。佳乃とつるである。

茶を淹《い》れてくれたらしい。佳乃が湯飲みを載せた盆を手にしていた。

ふたりは座敷に入ってくると、市之介の脇に座し、糸川と彦次郎に挨拶した。

そして、佳乃が、粗茶でございますが、と大人びた言い方をし、糸川と彦次郎の膝先に湯飲みを置いた。

「馳走になります」

糸川がそう言って、湯飲みを手にすると、彦次郎も湯飲みに手を伸ばした。

佳乃とつるはとりすました顔で、糸川と彦次郎に目をやっていたが、ふたりが湯飲みを膝先に置くと、

「大事なお話ですか」

と、つるが訊いた。お役目の大事な話であれば、座敷から下がろうと思ったの

かもしれない。

「あらかた話はすみました」

糸川が言った。

「そうですか。……糸川さまも佐々野さまも、大事なお役がございますからねえ」

つるがそう言って、市之介に目をやった。

「うむ……」

市之介は、どうせおれは、非役だ、と胸の内でつぶやいたが、口にはしなかった。

「此度《こたび》は青井どのに助けていただき、何とかお役目を果たすことができました。御目付さまも、たいそうお喜びで、青井どのに礼を言うよう、仰せつかってまいったのです」

糸川が、ひどく丁寧な物言いをした。御目付は、大草のことである。

「まァ、そうでしたの」

つるの顔が、なごんだ。

つるは、見直しましたよ、とでも言いたげな顔をして市之介を見た。

市之介は湯飲みを手にしたまま、すこしだけ胸を張った。ただ、満足してはいられない。事件の片がついたのはいいが、また退屈な日々がつづくのである。

次に口をひらく者がなく、座敷が静まったとき、

「だいぶ、涼しくなりました」

そう言って、つるが目を細めた。

「そうですねえ。まだ、萩《はぎ》は早いでしょうか」

彦次郎がつるに合わせるように言った。

「もうすこし涼しくなったら、みんなで亀戸《かめいど》に行きましょう」

佳乃が身を乗り出して言った。

亀戸には、萩寺の名をもつ龍眼寺《りゅうげんじ》と萩の名所としても知られた亀戸天神《かめいどてんじん》がある。

……また、始まったな。女ふたりは、遊山《ゆさん》のことばかりだ。

市之介はうんざりしたが、顔には笑みが浮いていた。せっかちの佳乃でさえ、もうすこし涼しくなったら、と口にしたのだ。萩見物の話は、先のことである。そのうち、忘れてしまうだろう。

「萩はまだ先ですよ。それより、夕涼みもかねて、大川端にでも出かけたいですねえ」

つるが市之介に目をむけ、意味ありそうな顔をした。帰りに、どこかで美味しい物でも食べる魂胆なのだ。

「母上、萩がいいですよ。すぐ、涼しくなります」

慌てて、市之介が言った。夕涼みなら、明日にも行かねばならなくなる。

糸川と彦次郎は、苦笑いを浮かべて市之介とつるの顔を見ている。

※本書は書き下ろしです。

実業之日本社文庫 と29

怨霊《おんりょう》を斬《き》る　剣客旗本奮闘記《けんかくはたもとふんとうき》

2015年10月15日　初版第1刷発行

著　者　鳥羽《とば》 亮《りょう》

発行者　増田義和
発行所　株式会社実業之日本社
〒104-8233　東京都中央区京橋3-7-5 京橋スクエア
電話［編集］03(3562)2051［販売］03(3535)4441
ホームページ http://www.j-n.co.jp/
DTP　株式会社ラッシュ
印刷所　大日本印刷株式会社
製本所　大日本印刷株式会社

フォーマットデザイン　鈴木正道（Suzuki Design）

ISBN978-4-408-55260-6（文芸）